les esprits du monde vert

Castor Poche
Collection animée par
François Faucher, Martine Lang et Soazig Le Bail

Une production de l'Atelier du Père Castor

ANNE GUILHOMON-LAMAZE

les esprits du monde vert

illustrations de
CATHERINE LACHAUD

Castor Poche Flammarion

Anne Guilhomon-Lamaze, l'auteur, est née à Arles aux portes de la Camargue, pays où l'eau mange la terre où la terre mange l'eau, un peu comme en Guyane. Après une courte enfance provençale, elle vit à Paris, puis en Algérie. Enfin ce sont les études de philosophie à Aix-en-Provence. Et un beau jour, le départ pour la Guyane où elle vit depuis plus de quinze ans. C'est par ses amitiés et sa grande curiosité qu'elle apprend à connaître ce pays et ses habitants. Enseignante, mariée à un Guyanais, elle a deux enfants qui furent, avec plaisir, ses premiers lecteurs.

« La Guyane est un pays peu connu des Français sinon à travers quelques clichés : le bagne, l'enfer vert, les Indiens, la fusée Ariane. C'est pourtant un merveilleux pays de légendes auxquelles chacun, Indiens, Créoles, Bonis, Saramakas, a porté sa contribution. Contes et légendes où, si les noms changent, les personnages demeurent les mêmes. Amana ou Mamman d'Io, Papa Gadu ou Massala, Yolocks, Ampukus ou Maskililis, tous Génies des Eaux ou des Bois, Maîtres de l'imaginaire guyanais.

« C'est dans ce monde qu'Emile propose d'emmener le lecteur. »

Catherine Lachaud, l'illustratrice, est née à Limoges en 1950.

« J'ai toujours eu besoin de papier pour dessiner et de livres pour lire. J'illustre des journaux et des textes pour enfants depuis bientôt dix ans. Bien que vivant beaucoup à Paris, je garde pour mon Limousin natal, dont je parcours en été champs et bois avec mes deux fils, collectionneurs d'insectes, un grand attachement ».

Les Esprits du monde vert :

Emile vit en Guyane avec sa mère et son petit frère. Un jour enfin, il est en âge d'accompagner son oncle à la chasse. Mais Emile se retrouve bientôt seul au cœur de la profonde forêt, son oncle ayant mystérieusement disparu, victime de la magie de la Sylve.

Comment survivre dans ce monde vert, à la fois inquiétant et envoûtant ?

Heureusement les dieux et les déesses de la forêt veillent...

Chapitre 1

– Emi...i...i...le! Emile!

Louisette lançait son appel dans l'air calme et chaud d'une fin d'après-midi de septembre. Le bourg commençait tout juste à sortir d'une longue et lourde sieste. Depuis le mitan du jour, elle avait mis à tiédir au milieu de la cour la terrine d'eau où flottaient divers feuillages. Elle appelait son fils afin qu'il prît son bain. Celui-ci avait été préparé selon les conseils de la vieille man' Loulou qui connaissait encore les rites et remèdes des anciens. Tel feuillage avait été cueilli sous la lune pour ses vertus magiques, tel autre au jardin pour ses vertus adoucissantes, rafraîchissantes ou simplement bienfaisantes. En bonne jeune mère créole, Louisette prêtait toujours une oreille attentive aux conseils des « grandes personnes » et ne manquait pas de consulter man' Loulou chaque fois qu'il le fallait. Et c'était le moment ou jamais, à son avis. En effet, l'année passée, juste avant la rentrée des classes, le frère de Louisette avait fait à son aîné une promesse des plus folles qui soient : l'emmener avec lui à la chasse ! A une condition, toutefois, Emile devait être inscrit régulièrement au tableau d'honneur de la classe.

Aussi Emile revint-il chaque fin de mois à la maison, les yeux brillants de mille feux. Il déposait sur la table son tableau d'honneur en lui assénant une claque sonore, comme les joueurs de dominos. Louisette était fière de son fils.

Mais ce soir, elle maudissait en secret son frère d'avoir douté de l'intelligence de son petit savant d'Emile, et maintenant de vouloir courir les bois avec lui...

– Emile ! Emi...i...le ! Ho ! Bonsoir Voi-

sine, sais-tu de quel côté est allé courir mon garçon ?
– Il est parti avec la bande à Michel, casser les mangues dans la cour du vieux Cantor. Ti-Jo, filez le chercher, sa manman [1] le demande !

Le soleil était bas sur l'horizon, l'air ne brûlait plus la peau, certes, mais il restait tiède, un peu collant. Nous étions fin septembre, la saison sèche en Guyane. L'eau baissait dans les criques [2]. Sur les sauts [3] qui marquent le cours des grands fleuves affleuraient les roches où poussent les salades coumarous piquetées de multiples épis roses. Les savanes se desséchaient et prenaient feu. Une bonne période pour la chasse.

Louisette avait posé sur le feu une soupe-pied [4], qui devrait bouillonner une paire d'heures afin d'épanouir tout son arôme. Emile en mangerait une bonne assiette avant d'aller dormir. Il arriva à l'instant même où le jour, brusquement,

1. En Guyane on dit « ma*n*man » et non « maman ».
2. Petites rivières.
3. Rapides.
4. Soupe à base de pieds de cochon.

basculait dans la nuit. Il donna une tape sonore sur la tête ronde de son petit frère Maurice qui cherchait à déloger la poule couveuse de son nid.

– Je vais le dire à manman, ti-boug [1].

– C'est toi que manman va gronder, elle t'attend depuis une heure! cria ti-Maurice en s'enfuyant vers la case.

Man' Louisette sortit.

– Vous voilà donc, Monsieur! Allez vous décrasser au robinet de la cour! Puis vous vous plongerez dans la terrine, j'arrive.

Maintenant, Emile était assis dans la large cuvette en aluminium, les genoux au menton, la mine renfrognée, il fronçait le nez d'un air dégoûté.

– Aïe! Aïe! cria-t-il, manman pourquoi tu me frottes avec ces feuilles qui sentent mauvais?

– Cesse de te tortiller, mon fils, ce bain doit raffermir tes muscles, te donner force et courage. Qui sait? Tu pourrais en avoir besoin dans les bois!

1. Manière affectueuse d'interpeller un garçon. Ti-mâle est un peu vulgaire.

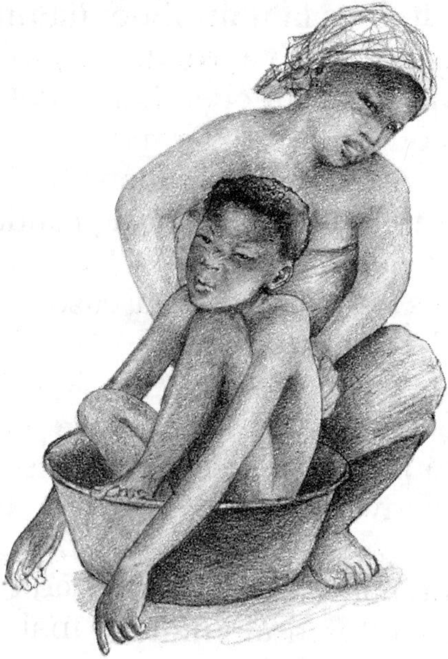

– Mais, manman, ce n'est qu'une partie de chasse, nous serons rentrés le soir même.
– Ah, oui ! Tu crois que l'on va chasser dans nos bois comme ton Marcel Pagnol pistait les lièvres avec son père dans ton livre de lecture !
– Manman ! Ce n'est pas dans mon livre qu'ils pistaient les lièvres !
– Paix là ! Insolent ! Depuis quand les

enfants parlent-ils aux grandes personnes ? Sèche-toi et mets ton linge de nuit pendant que je baigne ton frère.

Emile reprit deux fois de la soupe-pied. « Quel régal ! » avait-il dit. « Vorace ! » avait répondu sa mère, en riant, toujours heureuse de voir combien ses enfants goûtaient sa cuisine.

Ti-Maurice finit par sombrer dans un profond sommeil après avoir reçu la promesse solennelle qu'Emile lui rapporterait soit un jeune jacko[1] au plumage vert soit un sapajou[2] aux mains dorées. Emile avait bien du mal à s'endormir. Il se tournait et se retournait sur leur couche commune, au risque d'éveiller son petit frère qui fuirait alors dans le lit de leur mère, ravivant en Emile un désagréable sentiment de jalousie. C'étaient les copains, tiens, qui seraient jaloux demain soir lorsqu'Emile rentrerait portant le carnier de son oncle plein de leur chasse !

1. Perroquet.
2. Petit singe.

Il songeait à cette immense forêt si mystérieuse, si belle et majestueuse, où il n'avait jamais pénétré. La forêt c'est presque le paysage unique de son pays, pourtant les hommes ne font, le plus souvent, que la côtoyer. Tous la craignent, la disent dangereuse, cette gigantesque masse végétale qui offre autant la vie que la mort.

Seuls les Indiens et les Saramakas [1] la connaissent bien. Demain, Emile suivrait un chasseur, son oncle, sur les sentiers du grand bois où l'attendait le mystère.

Lors de sa dernière chasse, son oncle avait trébuché et s'était retrouvé prisonnier d'un filet de lianes. L'animal qu'il poursuivait s'était échappé. Arturo, furieux, n'avait accordé aucune attention à l'aspect si peu naturel de ce piège. Il l'avait détruit à grands coups rageurs de son sabre [2] sans songer un seul instant que, dans l'ombre, un être avait épié chacun de ses gestes. Mais Arturo avait

1. Groupe de Noirs descendant d'anciens esclaves.
2. Coutelas ou machette.

vite oublié, car, disait la vieille man'Loulou à qui voulait bien l'entendre : « Arturo est un mécréant doublé d'un scientifique, il ne croit plus à rien! »

Chapitre 2

La nuit laissait tomber son petit frais qui fait courir des frissons sur le corps des gens endormis. Man' Louisette était debout depuis les trois heures du matin. Tout doucement, elle avait porté le petit Maurice dans son lit afin que son frère ne risque de l'éveiller tout à l'heure. Elle préparait le linge et le sac d'Emile. Un pli amer marquait sa bouche, elle avait la gorge nouée et, malgré une terrible sensation de soif, elle n'avait pu boire tout son pot de café. Une angoisse étrange lui serrait le cœur et en même temps elle se traitait de sotte et d'aigrie. Pourquoi priver son fils de cette escapade en forêt, elle qui n'avait pu lui offrir d'autres plaisirs que celui de courir à sa guise dans le bourg! Certains de ses camarades de classe, pourtant moins brillants que lui, étaient partis en colonie de vacances à la Martinique. Et la petite Marie Céleste si minaudière et comparaison [1], ses parents l'emmèneraient bientôt à Disneyland. Evidemment, avec une manman professeur et un papa docteur, on peut avoir des vacances de rêve comme à la télé! Mais lequel d'entre tous ces enfants-là connaîtrait un jour ce qu'Emile allait bientôt vivre? Cette pensée bizarre trottait dans la tête de man' Louisette sans qu'elle puisse s'expliquer pourquoi.

– Emile, ti-père, il faut te lever, ton oncle arrive!

Emile bondit hors de son lit. Il avait attendu cet instant la nuit durant. Il n'en souffla mot à sa mère de peur qu'elle n'en fît tout un ouélélé [2]. Dehors, la nuit scintillait de mille étoiles, l'air était frais et l'eau piquait le visage tant

1. En créole : prétentieuse.
2. Pousser des hauts cris.

elle était froide, un délice! Oncle Arturo traversait la cour, le fusil à l'épaule.

– Bonjour, mon oncle, tu ne prends pas Pataud?

– Pataud est allé courir la gueuse, tant pis pour lui!

Emile se demandait bien ce que cela voulait dire « courir la gueuse », mais il avait comme une intuition que Pataud avait rejoint la cohorte des chiens bruyants qui poursuivaient, hier, cette pauvre chienne efflanquée, dans les rues du bourg. Il entra avec son oncle dans la case.

– Dépêche-toi, ti-boug, si tu ne veux pas cuire sur la rivière. Nous allons dans la grande forêt par la crique Cokioco.

– Pourquoi n'allez-vous pas plutôt dans la savane Sarcelles, Arturo? Emile pourrait voir le lever des ibis [1] et n'est-ce pas la bonne saison pour les canettes?

– Oui, femme, mais Thimotée m'a laissé son canot au petit dégrad [2] qu'il y a juste après Saut Saba. Nous remonterons la Mana et joindrons la crique

1. Echassier aux plumes rouges.
2. Débarcadère.

Cokioco. J'ai là-haut une piste que je connais bien!
– Dis, mon oncle, tu crois que nous rencontrerons un tig?
– Ho là! ti-mâle, je ne le souhaite pas! Peut-être lèverons-nous une biche ou un maïpouri [1], mais il faudra nous contenter d'oiseaux ou d'agoutis [2].
– Ne tuez pas de jacko, leur chair est trop dure! dit man' Louisette.
– J'ai promis à Maurice de lui en ramener un jeune, se souvint alors Emile.
– Bois ton café, Emile, nous partons. « Si Bon Dié lé, nou ké viré ké tou sa to lé! » (Si Dieu veut, nous reviendrons avec tout ce que tu souhaites!)

Man' Louisette ajusta le sac de scout aux épaules de son fils, elle lui glissa à l'oreille :
– Je t'ai préparé un petit pot de couac [3] au lait sucré.
– Merci, man'!
– Au revoir, fils, amuse-toi bien!
L'homme et l'enfant disparurent dans l'obscurité de la cour. Le soleil atten-

1. Tapir.
2. Petit rongeur de la taille d'un lièvre.
3. Manioc.

drait encore deux bonnes heures avant de pointer son nez à la fenêtre du ciel. Ils seraient alors sur la rivière, là-haut dans les grands bois.

Chapitre 3

Le canot filait sur l'onde noire. Une lumière incertaine commençait à dessiner un paysage fantomatique qui émergeait peu à peu des nappes de brouillard pesant sur l'eau. Emile était saisi d'un émerveillement sans borne. Ce paysage, dont la lumière du jour précisait les contours, déroulant ses anneaux de verdure au fil du courant, l'emportait dans un monde totalement différent de celui de son univers quotidien. Seul le bruit du moteur troublait le lent réveil de la nature, entraînant ici la fuite d'une volée d'oiseaux au ras de l'eau, déclenchant là les jacasseries d'une bande de perroquets.

– Tu vois, dit Arturo à son neveu, ce plaisir est cher au cœur du chasseur, mais il ne le racontera jamais.

– Pourquoi?

– Il craint d'être ridicule!

L'eau avait pris sa couleur café au lait. Sur le ciel bleu se dessinait nettement la cime des grands arbres qui bordaient les rives du fleuve. Dans la végétation dense d'arbustes, de lianes, de racines aériennes, l'oncle Arturo cherchait l'entrée de la crique Cokioco. Enfin, au détour d'un tour de la rive sinueuse, ils la découvrirent. Ils pénétrèrent alors dans un autre espace. La lumière devint verte. Elle prenait des teintes dorées lorsqu'un rayon de soleil descendait par une trouée dans la voûte de verdure sous laquelle ils étaient engagés. Une forte odeur d'humus envahit l'air humide, presque consistant, palpable. Emile avait l'impression d'être frôlé, caressé, sans compter qu'une multitude de petits insectes lui chatouillaient le nez, les oreilles, le cou, l'agaçant prodigieusement.

– Ne t'en fais pas, tu vas t'habituer! dit Arturo en riant. Nous approchons de mon lieu de chasse. Tu vois, cet arbre couché en travers de la crique? Je ne vais jamais plus loin.

Une petite plage nichée entre les racines des arbres leur permit de mettre pied à terre. Le canot bien amarré, le matériel déchargé, l'homme et l'enfant mangèrent un morceau avant de s'enfoncer dans les bois.

– Un bon chasseur ne manque pas de prendre un vrai tchimbé tcho[1] avant d'aller à la rencontre du gibier, car il ignore toujours à quelle heure se terminera la chasse.

Arturo se prépara un punch :

– Sais-tu que Massala est le grand maître des Bois, tous, nous lui devons hommage? Tiens, Massala, bois un peu de mon tafia[2], ajouta Arturo en versant quelques gouttes de rhum sur le sol.

Un grand rire secoua sa carcasse :

– Ah! nous les nègres, nos magies et nos frayeurs, ha! ha! ha! Je vais quand

1. Casse-croûte.
2. Rhum.

même te confier le tour de cochon que Massala joua à notre ami Mambialé le tigre, aussi glouton qu'il est bête! Cette histoire, je la tiens de mon maître d'école. Il voulait que nous gardions dans nos « cervelles savantes » un peu de nos belles histoires, celles qui ne se rencontrent pas dans les livres.

[illegible] le [illegible] de [illegible] une [illegible]
[illegible] la [illegible] dans [illegible]
[illegible] qu'il est [illegible]
[illegible] les [illegible]
[illegible] Il voulait [illegible]
dans [illegible]
[illegible]
encore [illegible] pas dans les livres [illegible]

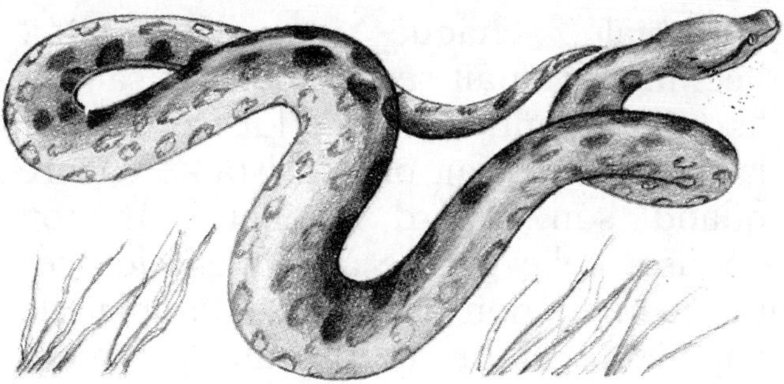

Chapitre 4

– *Krik!*
– *Krak!*
– *Sa zandoli ka pote?*
– *Fokol!*
– *Ha, ha, ha!*[1]

Mambialé le tig tacheté[2] est bien connu tant pour sa gourmandise que pour sa bêtise, tous les compè Lapin vous le diront!

Mambialé engraissait un cochon pour le manger aux fêtes de Noël. L'animal commençait à prendre bonne tournure.

1. Formule rituelle pour dire les contes.
2. Jaguar.

Mambialé, chaque jour, lui tâtait l'échine, évaluait ses jambons et salivait abondamment. Une idée lui trottait par la tête et se faisait plus insistante encore quand son regard tombait sur son épouse, belle géante à l'appétit féroce! Ce beau cochon bien gras, Mambialé le voulait pour lui tout seul. Comment convaincre son imposante compagne? Il fallait la prendre par les sentiments!

Une nuit, alors qu'elle dormait profondément, il se frotta la tête et le corps avec de la pâte de roucou[1]. Au matin, il était effrayant à voir. Rouge comme un diable, il gémissait et se tordait en tous sens sur sa couche. Madame Mambialé, inquiète, lui demanda la cause de son mal.

– Ô femme, un feu étrange me brûle les entrailles. Ouille! ouille! Mais dans mes souffrances, le sommeil m'a pris un instant. Mon grand-père Rosias, mort depuis longtemps, en a profité pour venir me voir. Il m'a indiqué un remède, femme, mais je crains de te faire de la peine.

1. Plante qui donne une teinte rouge.

– Dis toujours, mon homme!
– Grand-père Rosias m'a conseillé de manger, à moi tout seul, un cochon entier.
– Mais si cela peut vous guérir, mangez notre cochon, très cher!
– Il a ajouté, dit notre grand malade, que je devais me cacher de tous pour me soigner. Si le moindre puceron aperçoit le quart du millimètre d'un poil de mon cochon, c'en est fini de son pouvoir guérisseur!
– Partez, partez mon homme, avec notre cochon et revenez vite guéri.
– *Krik!*
– *Krak!*

Mambialé partit très loin dans les bois, dans un lieu où pas même un maringouin [1], une mouche ou une fourmi n'oseraient s'aventurer. L'endroit était calme et solitaire. Notre tigre se mit aussitôt au travail. Il tua le cochon, le gratta, le découpa, en mit une partie sur le feu pour une daube délicieuse. Ensuite, se dit-il, je me cuisi-

1. Moustique.

nerai un colombo [1] de fête dont on parlera longtemps. Pour le dessert, deux beaux jambons glacés ! Il poussa un tel rugissement de plaisir que Massala sortit de sa sieste le ventre bien creux.

– *Krik !*

– *Krak !*

« Tiens, cet âne de Mambialé m'a fait du bon manger », se dit-il et il s'approcha de lui. La daube dégageait un subtil fumet, le tigre allait se jeter dessus lorsqu'il entendit :

– Tombé Mégoué !

Il sombra alors dans un profond sommeil et Massala se régala de la daube en ricanant doucement. Puis il prononça les paroles suivantes :

– Lévé Mégoué !

Mambialé se réveilla, tout surpris de s'être endormi. Il allait se mettre à manger lorsqu'il vit son canari [2] vide.

– Où est l'animal qui a mangé ma daube ! s'écria-t-il.

Mais avisant le tas de viande qui lui restait, il choisit de manger avant de

1. Plat de porc aux légumes et cary.
2. Marmite.

poursuivre le voleur. Il mit son colombo à cuire avec la ferme intention de rester vigilant. Las! le maître des Bois englou-tit en temps voulu le colombo, puis les jambons glacés, sans que Mambialé y comprenne rien. « Il n'est pas très malin ce tigre, mais quel cuisinier! » conclut Massala en partant à ses occupations.

Les flancs creux, la mine grise, les pattes tremblantes, Mambialé rentra au logis.

– Ce traitement vous a bien affaibli, mon homme! Quel gaspillage! Vous n'êtes que des bons à rien, vous et toute votre famille! hurla son épouse qui abandonna, séance tenante, le logis de Mambialé pour s'en aller chasser seule et vivre sa vie!

– *Krik!*

– *Krak!*

– *Patatrak sans os! Mo fin' palé!*

Chapitre 5

– Maintenant, nous voici sur la piste, Emile ! dit Arturo à son neveu lorsqu'ils furent sous le couvert des grands arbres.

Leurs pieds s'enfonçaient dans un épais tapis de feuilles humides, ils avançaient plus à leur aise. Oncle Arturo n'avait pas besoin d'user de son sabre pour faire leur chemin. Il marquait les arbres d'une encoche, afin de pouvoir revenir sans peine vers le canot.

Emile regardait partout, ouvrait grandes ses oreilles, découvrait, apprenait avec ravissement. Dans l'enchevêtrement des grosses lianes qui grimpaient vers la lumière, il reconnaissait la liane toti, la liane chasseur où son oncle lui avait fait boire un liquide rafraîchissant. Il se méfiait des palmiers wara aux traîtreuses épines, il distinguait le wassaïe et le caumou [1]. Dans cette harmonie de verts éclatait parfois le vermillon de la fleur du balourou. Et les fougères arborescentes ouvraient à un mètre du sol leurs ombrelles ajourées comme de la dentelle. Oncle Arturo nommait chaque arbre, l'angélique, le bois-violet, le wacapou, le moutouchi dont la base s'orne d'immenses contreforts ondulés de racines aériennes, tel un jeu de draperies figées dans lesquelles il doit être amusant de se cacher.

Un rugissement soudain fit sursauter Emile. Son oncle le rassura en lui parlant d'un tout petit oiseau que les Indiens appellent owao.

– C'est lui qui pousse ce rugissement, alors que le gros maïpouri se contente d'un petit sifflement.

Arturo ramassa un fruit étrange dont

1. Variétés de palmiers.

la coque, très épaisse et dure, ressemblait à une petite marmite.
– C'est un canari-macaque[1]. Regarde l'arbre où il pousse. Tout ce que mangent les singes est comestible pour l'homme, ne l'oublie pas.

Un gloussement grave et profond se fit entendre. Il venait du ciel. L'homme et l'enfant levèrent la tête et virent, niché à la fourche d'un arbre, un gros oiseau noir au bec jaune : le hocco. Tout en préparant son fusil, Arturo reprit le chant du hocco pour l'attirer. Alors que l'oiseau descendait vers eux, Arturo tira et le hocco tomba comme une pierre. Arturo alla le ramasser.
– Il pèse au moins trois kilos, c'est ta mère qui sera contente !

Ils reprirent leur marche, l'homme devant, l'enfant derrière. Et pourtant, sans qu'ils s'en aperçoivent, ils avaient quitté la piste. Au début, Arturo avait noté quelques changements, mais il n'y avait guère attaché d'importance. Sou-

1. Fruit apprécié par les singes (macaques).

dain, il s'immobilisa. Une sueur froide l'inonda, son cœur s'affola dans sa poitrine et une évidence terrible tournoya dans sa tête : il ne reconnaissait plus rien, ils avançaient dans un monde inconnu, ils étaient perdus. Il songea alors à son neveu. Emile ne s'était rendu compte de rien, il s'était arrêté croyant son oncle à l'affût d'un nouveau gibier. Arturo se tourna vers lui, ébaucha, à grand-peine, un sourire et, lui recommandant le silence, l'entraîna à sa suite. L'oncle se souvenait de sa dernière chasse et s'avouait, enfin, au cœur de cette forêt, que man' Loulou avait raison. Il n'aurait jamais dû, mécréant-tête-de-mule! provoquer les esprits de la forêt. Mais il fallait absolument tirer Emile de là.

Ils arrivèrent près d'un moutouchi dont la base s'ornait de ces racines, gigantesques contreforts, où tout à l'heure l'enfant rêvait de se cacher. Arturo l'inspecta pour déloger les serpents, les araignées ou autres mauvaises surprises. Il indiqua une cachette à Emile en lui recommandant de ne pas en sortir et de l'attendre. Puis adoptant le ton de la plaisanterie, il lui dit :

– En m'espérant, jeune apprenti chasseur, médite cette leçon : les criques ramènent toujours aux villages des hommes, les graines que mange le macaque sont bonnes pour nous! A tout à l'heure, ti-boug!

Arturo déposa doucement son sac et son fusil contre l'une des racines géantes de l'arbre et, armé de son sabre, s'en fut affronter son destin.

Chapitre 6

Arturo s'enfonça dans le sous-bois. Il sentait une présence invisible, un animal, sans doute, puissant, souple, rapide et silencieux qui cheminait à son côté. Avisant un gaïac[1] au tronc large, poussant haut sa tête vers le ciel, il invoqua Massala, le maître des Bois. En effet, Massala habite tous les arbres, toutes les plantes de la forêt au gré de son caprice. Mais il a un faible pour le gaïac.

Arturo appuya sa tête contre l'arbre et en tapota les flancs doucement.

1. Arbre au bois très résistant, dit « bois de fer ».

– Ô grand maître des Bois, prends le petit Emile sous ta protection, rends-le à sa mère, elle en deviendrait folle! Pour moi, je ne te demande rien, sinon de connaître celui qui me guette.
– Arturo, mécréant-tête-de-mule, merci pour le tafia que tu m'as offert tantôt. C'est un yolock [1] que tu as insulté, l'autre semaine, dans ta rage. Vous êtes tombés, toi et Emile, dans le territoire de l'Indien. C'est Yolokanndamoulou le jaguar, que tu vas affronter. Manman-di-lo [2], notre mère à tous, a accepté de vous prendre sous sa protection. Mais tu devras tuer le jaguar. Si tu meurs avec lui, ton corps ne sera pas la proie des vautours, ni des fourmis, ni des vers. L'enfant, de toutes les façons, sera sauvé. Manman-di-lo n'était pas loin de vous, tout à l'heure. Ce sont tes talents de conteur qui l'ont attirée. Les yeux vifs, l'intelligence et la gentillesse d'Emile l'ont séduite. Sois sans crainte, Arturo, la maîtresse des Eaux recon-

1. Esprit mauvais chez les Amérindiens.
2. Maîtresse des Eaux chez les créoles. Les Indiens l'appellent Amana. Elle prend l'apparence d'un anaconda.

duira Emile, en temps voulu, chez les hommes.

Alors, Arturo se redressa, prit son sabre bien en main et retrouva sa fierté. Il étira sa forte corpulence, fit jouer chacun de ses muscles et jeta d'une voix gaillarde à la présence invisible :

– Tig tacheté ! grand jaguar, mauvais entre les mauvais, viens payer chèrement la vie que tu veux me prendre !

Ce fut un combat magnifique, et pour la première de toutes les premières fois, le jaguar affronta l'homme de face et sans ruse. La bête puissante sortit de l'ombre verte, ses muscles frissonnaient sous la soie dorée tachetée d'encre de son pelage, elle planta son regard d'ambre dans celui d'Arturo qui ne baissa pas les yeux.

D'un même élan, l'homme et la bête s'embrassèrent dans une étreinte meurtrière dont la fureur, longtemps, fut évoquée par les esprits des lieux.

Oui, ce fut un terrible combat. Yolokanndamoulou perdit l'un de ses jaguars les plus valeureux. Arturo y laissa sa vie mais préserva son âme. Et quelle âme que celle d'Arturo ! vous diront les petits esprits des eaux qui le conduisirent par les cours d'eau vers la cité radieuse.

Emile n'entendit rien de toute cette fureur. Seules quelques perruches au plumage vert piquant l'amusèrent de leurs rires et chuchotis...

Chapitre 7

Emile s'était endormi. La nuit, avec son mystère et ses fraycurs, était passée sur lui sans déranger son sommeil. Moutouchi l'avait tendrement enlacé dans ses immenses racines, interdisant à quiconque de l'approcher. Il fit cela avec un tel sérieux que les jaloux ne manquèrent pas de propager au fil du vent des paroles vengeresses sur son air prétentieux. Mais personne n'approcha de l'enfant, car non loin de là, dans une petite crique, veillait Amana, l'anaconda [1]. Amana, maîtresse des Eaux,

1. Grand serpent semi-aquatique d'Amérique du Sud qui est sacré dans la mythologie caraïbe.

mère et protectrice de la nature et des hommes de ce coin du monde. Amana, dont tous craignent le châtiment sévère et implacable. Le châtiment et non la vengeance, car Amana n'aime pas la vengeance et la condamne. Amana protégea, la nuit durant, son enfant.

Emile fit un rêve. Une femme sortait de l'eau. Elle était belle, grande, opulente. Sa peau, couleur de bronze, brillait comme le satin sous la lune. Sa longue chevelure noire et brillante était parsemée de milliers de gouttelettes semblables à de petits diamants. Ses yeux verts piquetés d'or imposaient une telle autorité qu'Emile en fut tout intimidé. Elle posa deux doigts humides et frais sur la joue de l'enfant dont les paupières se soulevèrent :
– Ecoute-moi, petit d'homme, c'est Manman-di-lo qui te parle. Le hasard t'a conduit ici. Tu as ranimé en moi un grand sentiment, alors même que je désespérais de ne plus jamais rien éprouver pour vous les hommes. Quand le temps sera venu, tu retourneras parmi eux. Tu seras mon messager, je

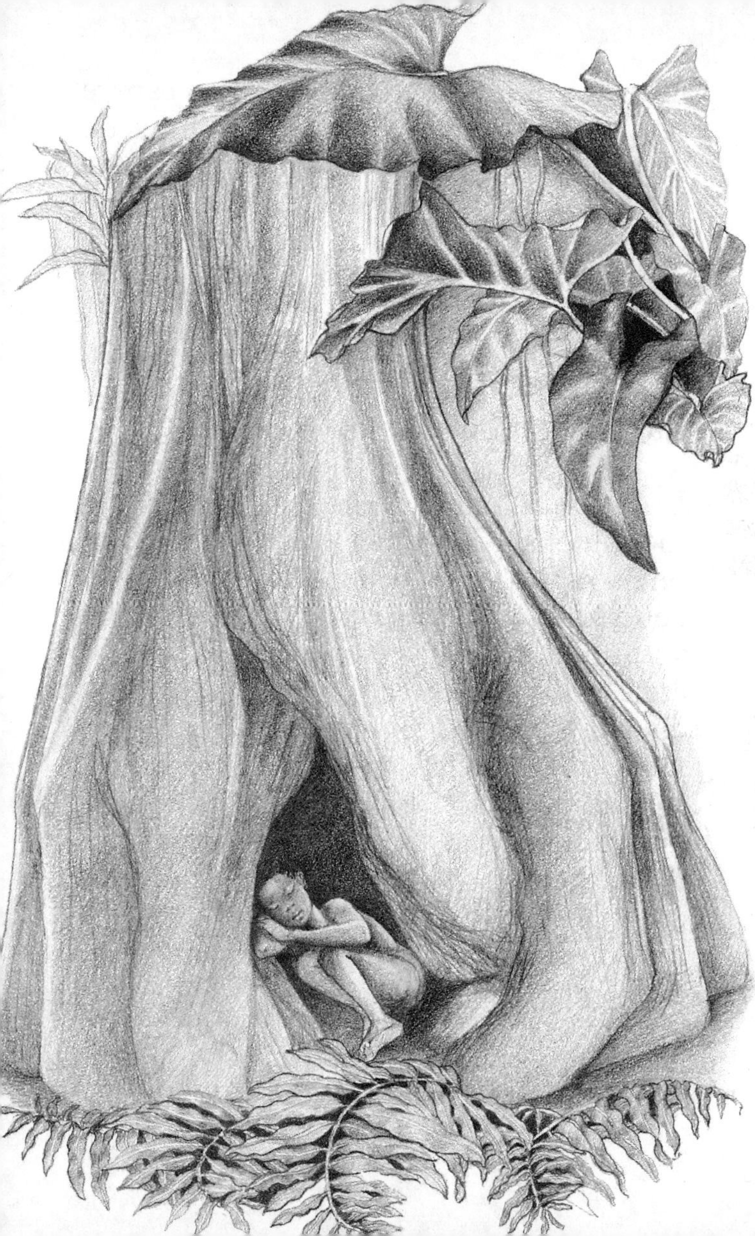

mets toute ma confiance en toi, j'espère que tu ne la trahiras pas. Tu tâcheras de leur rappeler le respect qu'ils doivent à la nature. Demain, quand tu t'éveilleras, un homme sera près de toi. Tu devras le suivre et lui obéir en tout. Il sera ton père.

La belle femme disparut dans un froissement de feuilles, abandonnant Emile aux douceurs du sommeil.

Au petit matin, Emile sortit prestement de sa cachette prêt à héler son oncle Arturo... Il s'inquiétait soudain de cette longue absence. Son regard tomba sur un homme assis près d'un feu. Il était assez vieux et pourtant ses longs cheveux lisses et noirs avaient conservé toute leur brillance, son corps restait fort et musclé. Ses mollets, serrés sous les genoux par un fil rouge, saillaient durs comme des silex. Il portait des colliers de perles rouges au cou et autour des bras, et pour tout vêtement, un simple calimbé[1]. Son visage était ouvert mais il ne souriait pas, il obser-

1. Pagne en coton rouge.

vait l'enfant et attendait. Emile se souvint du rêve, il s'avança vers l'homme et le salua :

– Bonjour, oncle vénérable, comment dois-je te nommer?

– Bonjour, je suis Alalikaman, tu me nommeras Papalikaman et moi je t'appellerai Mumku[1]. Viens t'asseoir et manger le hocco que vous avez tué hier. Je l'ai boucané pour toi, mais tu devras apprendre à le faire seul.

Emile découvrit qu'il avait grand-faim et mangea avec appétit. Cependant il était très inquiet au sujet de son oncle.

– Je vais te confier une histoire, dit l'Indien, celle d'Alalikaman.

– C'est ton histoire, Papalikaman!

– Oui, un peu, mais c'est aussi un peu la tienne, écoute...

1. Mumku signifie « fils » en langue wayana.

Chapitre 8

Alalikaman s'était perdu dans les bois, il ne retrouvait plus le chemin de son village. La nuit allait venir et Alalikaman avait peur des yolocks. Il se construisit un carbet [1] avec des feuilles de palmier-caumou et s'y cacha avec sa femme. En ce temps-là, il y a longtemps longtemps, les Indiens avaient pour femmes des singes rouges femelles. Pourquoi ? On dit que leurs épouses indiennes, fâchées, s'étaient sauvées loin loin dans la forêt. « Les femmes sont bien trop capricieuses pour être prises au

1. Habitation des Indiens.

sérieux, dirent les hommes, inutile de partir à leur recherche, elles reviendront bien un jour. » Mais elles mirent beaucoup de temps à revenir. C'est pourquoi les Indiens prirent pour épouses des femelles de singes rouges.

Alalikaman et sa femme singe rouge étaient donc à l'abri sous leur carbet quand, au plus profond de la nuit, un bruit terrible sortit notre homme de son sommeil. C'était un yolock. Il s'approcha du carbet et dit à Alalikaman :

– Je viens te manger.

Alors, ce dernier lui demanda :

– Que veux-tu manger en premier?

– Un bras, répondit le yolock.

Alalikaman lui tendit le bras de sa femme singe rouge. Le yolock s'en régala ainsi que du deuxième bras, puis des jambes, des cuisses. Alalikaman savait qu'il lui faudrait bien s'arrêter un moment, car si l'appétit du yolock semblait inépuisable, sa femelle singe ne l'était pas. Aussi dit-il au yolock vorace :

– Je n'ai plus de chair[1] bientôt, et la

1. Viande ou poisson mangés aux repas.

faim me tenaille, moi aussi. Donne-moi un peu de ta chair !

– D'accord, dis-moi quel morceau te ferait plaisir.

– La gorge, mon bon yolock, c'est un morceau divin ! répondit Alalikaman.

Et il lui lança son couteau en dents d'agouti. Le yolock se coupa la gorge et en mourut.

Alalikaman s'était ainsi débarrassé du mauvais yolock. Mais il lui fallait retrouver le chemin de son village. Il marcha longtemps. Il rencontra l'abeille qui le cacha dans sa case et lui indiqua la direction de son village. Des arbres, des plantes, des sources, des rivières et des oiseaux, il apprit tous les chants qui apporteraient aux Indiens les connaissances nécessaires à la vie dans la forêt. C'est Ilak, la fourmi, qui lui enseigna le maraké[1]. Alalikaman jura qu'il l'enseignerait aux siens lorsqu'il rentrerait dans son village, où Wéti, l'oiseau charpentier, le reconduisit.

1. Épreuves à la suite desquelles les jeunes Indiens accèdent au monde des adultes.

Alalikaman fit comme il avait dit. Les Indiens wayanas du Haut-Maroni en ont conservé la tradition. Mais Alalikaman ne put rester au village. Pendant le voyage il avait trahi la confiance de l'oiseau Oglaé, qui l'avait hébergé, en dormant avec dame Oglaé dans le même hamac. Toutes les nuits, Oglaé venait se plaindre amèrement. Alalikaman dut donc partir au fond des bois, chassé par les hommes qui craignaient de perdre leurs épouses.

– Je t'ai dit, tout à l'heure, que cette histoire était aussi un peu la tienne. Tu veux savoir pourquoi?

– Papalikaman, j'aimerais surtout savoir ce qui est arrivé à mon oncle Arturo et pourquoi je me retrouve seul dans la forêt.

– Le « pourquoi » je ne le sais, mais voici le « comment » : comme mon ancêtre, vous vous êtes perdus dans les bois. Ton oncle a tué le mauvais yolock et sa vie a payé la tienne. Quand un yolock perd une vie, une autre vie doit la remplacer. Amana lui a donné celle d'Arturo pour préserver la tienne, car les enfants sont sources d'espérance et elle a mis tout son espoir en toi. Ton oncle pensait comme elle.

Les yeux d'Emile se remplirent de larmes. L'Indien éteignit le feu et se dressa.

– Lève-toi, Mumku! et ne pleure pas. Tu es en vie et ton oncle a sauvé son âme, que désires-tu encore pour être content? Nous allons partir, va saluer Moutouchi et le remercier pour son hospitalité.

Emile haussa un sourcil interrogateur, mais Papalikaman refusa de lui répondre. Emile alla vers l'arbre, en toucha le tronc et lui chuchota :

– Merci Moutouchi pour la nuit tranquille que j'ai passée près de toi.

– Je suis très content de t'entendre, répondit Moutouchi. Si tu étais parti sans un seul petit mot pour moi, j'en aurais été bien triste. J'ai eu beaucoup de plaisir à te protéger et j'en ai encore plus, maintenant, à devenir ton ami. Va, Mumku, je serai toujours là quand tu auras besoin de moi.

Emile retrouva son sourire et s'empressa de rejoindre Papalikaman qui ne l'avait pas attendu.

Chapitre 9

Du temps s'était écoulé, on ne saurait le mesurer. Mumku n'y songeait pas du tout. Il suivait partout Papalikaman, apprenait beaucoup et toujours à ses dépens. Le vieil Indien veillait à préserver sa vie, mais ne lui épargnait rien par ailleurs. Il ne lui disait pas « fais comme ceci », « fais comme cela ». Mumku regardait, observait, car un jour il devrait se débrouiller seul. Une nuit, il eut faim et froid. Il s'en souvenait en riant, à présent, mais quelle rancœur, alors ! Ses larmes avaient coulé et il avait chassé méchamment sa perruche, amie et confidente, qui voulait dormir, comme à son habitude, nichée au creux de son cou. Papalikaman sommeillait déjà, l'esprit serein et le corps détendu, et il avait eu un profond ronflement réprobateur.

Le campement qu'il avait choisi ce soir sinistre était des plus inhospitaliers : c'était une pinotière [1], au sol humide et spongieux, plantée de waras [2] épineux et désagréables dont les fruits étaient encore verts. Il avait pris garde, bien sûr, à ce qu'il n'y eût point, tout près, un moutouchi au cœur trop sensible. Il avait dit à Mumku :

– Voici le sabre que ton oncle t'a laissé en héritage. Tu construiras le carbet, dépèceras l'agouti que nous avons fléché tantôt, allumeras le feu et mettras l'animal à cuire. J'attendrai.

Papalikaman lui confiait un sabre ! Mumku n'en croyait pas ses yeux. « Méfie-toi de sa lame aiguisée », avait dit son père tout en installant son hamac entre deux arbres. Comme Mumku s'étonnait de le voir faire, il se contenta de lui

1. Lieu humide où l'on trouve de nombreux palmiers pinots, caumous, wassaï, etc.

2. Petits palmiers.

montrer l'ombre qui montait entre les arbres.

Mumku s'en fut couper des feuilles de palmier-caumou pour la toiture du carbet. Il s'amusa beaucoup avec une bande de petits sapajous qui rentraient se coucher. Lorsqu'il revint au campement, la nuit le suivait. Papalikaman somnolait dans son hamac. Il y avait tout à préparer. La faim emplissait son ventre de gargouillements. Mumku songea à découper l'agouti. Mais comment s'y prendre avec un sabre? Et le feu? Soudain, il fit nuit. Mumku s'agita de droite et de gauche, il fit beaucoup de mouvements pour rien. Il réussit enfin à allumer un pauvre feu auprès duquel il s'assit, le derrière dans l'eau, la colère et la peur au cœur, les larmes au bord des cils. Ce fut la plus mauvaise nuit de sa vie. Pourtant, il s'endormit.

Au matin, son père lui tendit l'agouti dépecé, lui demanda de ranimer le feu et de mettre le gibier à rôtir. Ils se baignèrent dans une crique toute proche, puis mangèrent de bon appétit. A la fin du repas, Papalikaman remit à l'enfant un couteau en dents d'agouti avec cette remarque que Mumku n'était pas prêt d'oublier : « Combien d'agoutis te faut-il manger pour songer à te faire un couteau ? »

Oui, il avait appris beaucoup de choses depuis ce temps-là. Il savait fabriquer un arc, des flèches, tresser la liane d'arouman, monter un carbet, boucaner le gibier. Il connaissait le cri de tous les animaux, leurs mœurs, leurs habitudes. Il connaissait le chant des différents oiseaux et dialoguait avec eux. Ainsi il savait appeler la maraille et attendre avec une infinie patience le parakoi. Mais il ignorait encore beaucoup de choses. Et si Papalikaman abandonnait volontiers l'enfant à son sort pendant quelques heures, il était toujours près de lui à la tombée de la nuit.

Le soir, en regardant jouer les flammes de leur feu, il parlait à Mumku et répondait à ses questions.

Chapitre 10

Une fois, Papalikaman regardait Mumku se tailler une flûte de bambou. Une jambe de l'enfant pendait hors du hamac, cheville fine, mollet nerveux et sec. La petite perruche, nichée sur son épaule, jetait un éclat d'émeraude sur l'acajou foncé de sa peau, et les flammes donnaient un ton cuivré à sa jolie tête ronde penchée sur son travail. L'Indien eut un sourire, puis il rompit la paix du soir, de sa voix cassée, ferme et douce à la fois.

– Je vais te confier une histoire amusante, elle court toute l'Amazonie. C'est nous, les Indiens, qui l'avons inventée.

Chacun des peuples qui constitue à présent notre nation l'a reprise à son compte. Loin dans le temps, loin, loin, seuls les Indiens vivaient sur cette terre d'arbres et d'eau. Un jour, des hommes blancs arrivèrent et avec eux des hommes noirs. Quelle ne fut pas notre surprise! Nous pensions que tous les hommes étaient comme nous, nous pensions même qu'il n'y avait pas d'autres hommes que nous, c'est pour te dire... Il nous fallait une explication à ce mystère, car, vois-tu, les hommes veulent toujours tout comprendre : cela les rassure. Nous inventâmes alors des légendes. Nous racontions que l'un d'entre nous avait, jadis, très loin, loin dans le temps, pris la mer avec tout son clan. Il était donc normal qu'il revienne un jour! Mais ces couleurs de peau différentes? Que signifiait pareille extravagance? Ce ne pouvait être que Kouyouli, notre créateur! Comme il était monté au ciel après avoir achevé son œuvre créatrice et qu'il n'aurait plus jamais de rapports avec nous, nous ne risquions rien à le charger de cette étrangeté! Alors voici l'histoire :

Kouyouli fabriqua les hommes avec de la bonne terre noire. Quand il eut fini, il voulut les laver. Il apporta un grand coui[1] rempli d'eau claire. Kouyouli se montra-t-il avare ou imprévoyant, nul ne peut le dire. Toujours est-il que le coui fut trop petit et l'eau insuffisante. Les premiers hommes sortirent avec la peau toute blanche, mais il ne restait plus beaucoup d'eau dans le récipient et elle était devenue toute brune. Les suivants sortirent avec la peau brune. Quant aux derniers, c'est tout juste s'ils purent se laver la paume des mains et la plante des pieds ! Kouyouli a bien fait de partir loin de nous, car il serait mort de honte et de chagrin devant les conséquences de son étourderie.

– Alors les Blancs ne sont pas mieux que nous ! Ils ont simplement eu la chance de se laver avant nous. C'est pourquoi ils prétendent être les premiers en tout, à présent !

– Ha, ha, ha ! Tu as parfaitement raison, Mumku ! Mais la couleur de la peau

1. Calebasse.

n'a aucune importance. Je vais te dire une chose, ce qui est essentiel, c'est la beauté de l'âme, et elle n'a pas de couleur. Il y a chez les Blancs, les Noirs

ou les Bruns tout autant d'hommes bons que d'hommes mauvais. Les mauvais sont peut-être les plus nombreux, et c'est ce qui désespère Amana.

– Et mon oncle Arturo?

– Ton oncle, mon cher, c'était un bonhomme, crois-moi! Les Indiens de l'eau l'ont conduit à la cité radieuse. Mais c'était un gaillard, Arturo. On dit qu'il mène grande fête sur les berges du lac Parima. Il a le rire haut, la voix forte, le geste large, il aime la bonne chère et

tourne la tête à plus d'une. Evidemment, tu ne peux comprendre, tu es à l'âge où l'on se contente des gazouillis d'une petite perruche. Attends voir... Ha, ha, ha! J'espère que tu ne feras pas comme moi, dit Papalikaman en riant doucement. Et puisque tu dors, ajouta-t-il, je vais m'en aller faire un tour.

– Pfuitt, dit Mumku à sa petite perruche, il croit que je n'ai pas compris. Je n'ai pas oublié qu'il est allé dormir dans le hamac de la femme d'Oglaé!

Chapitre 11

Ce jour-là, Mumku avait suivi le maïpouri, il l'avait vu manger les feuilles de la nivrée [1] et pouvait être sûr qu'à un moment ou à un autre il irait faire ses besoins dans la rivière, ce qui ne manqua pas d'arriver. Alors un bon nombre de poissons remontèrent à la surface, ivres et affolés. Mumku en attrapa deux, frétillant dans la lumière du soleil, brillants comme du vif-argent. Il fut tout surpris de les entendre parler :
– Oh ! joli petit Mumku, ne nous mange pas, nous sommes deux Indiennes tupi.

1. Liane dont le jus enivre les poissons.

Notre mère, jalouse, nous a transformées en poissons! Le tapir que tu nommes maïpouri était notre ami. Viens, viens jouer avec nous dans notre palais aquatique.

Et sur ces paroles, les deux poissons prirent l'apparence de deux jolies fillettes, mais Mumku, méfiant, les rejeta dans l'eau :

– Allez, allez dans votre élément, les jeux de filles ne m'intéressent pas, j'ai autre chose à faire.

Papalikaman ne lui avait pas parlé des Indiens tupi, mais il lui avait enseigné à se méfier des petits esprits des eaux. Amana, qui n'était pas loin, en fut fort aise et renvoya les effrontées au plus profond de la rivière.

Ainsi Mumku continuait son éducation, sans même y songer. Mais son humeur devenait morose. Il ne souhaitait ni pêcher ni chasser. Son pagra[1] était plein des graines du panakoko[2]. L'ara bleu et l'ara rouge lui avaient

1. Petit sac en vannerie.

2. Arbre aux graines à la fois rouge et noir dont les Indiens font des colliers.

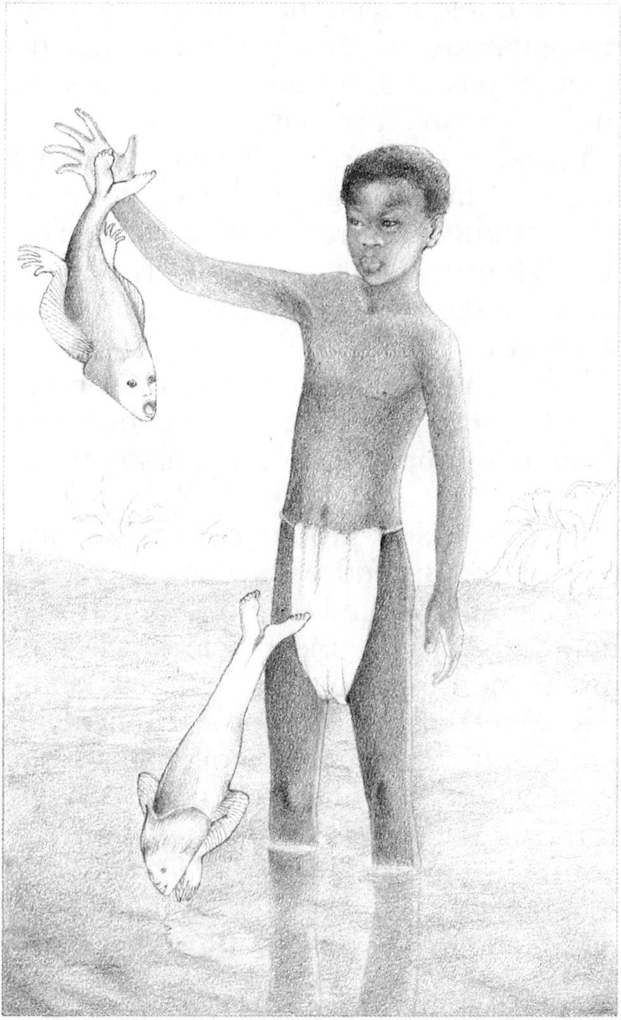

donné quelques plumes, mais il n'avait pas envie de se faire une parure. Il ne voulait pas parler avec les jackos ni jouer avec les sapajous.

Mumku était triste, il avait le cœur lourd de la nostalgie d'Emile. Il s'était laissé tomber entre les racines de son ami Moutouchi et caressait tristement sa petite perruche, le regard perdu dans ses rêves.

– Hum, hum, toussota le grand arbre, que fais-tu là, Mumku? Tu vas finir par prendre l'apparence du parsou-mouton[1]!

– Je suis triste, Moutouchi, est-ce que tu peux comprendre cela, toi?

– Bien sûr, Mumku, nous souffrons, nous aussi! Vois mes racines, elles te disent mon âge. Je suis vieux, et j'en ai perdu des amis dans mon existence! Ils ont connu le monde et moi je suis resté ici. Certains sillonnent les mers dans le ventre des navires, d'autres parcourent en tous sens les rivières de Guyane; d'autres, de mon espèce, sont devenus de jolis meubles dans le logis des hom-

1. Paresseux ou aï (singe).

mes dont ils gardent les secrets. Moi, j'ai toujours été dédaigné!

– Mais, Moutouchi, un arbre doit souffrir cruellement lorsqu'on l'abat, ne souhaite pas une chose pareille!

– Les Saramakas savent y faire. Ils nous opèrent sans douleur, ha, ha, ha!

– Comment peux-tu dire cela, toi que les dents du PPK n'ont jamais mordu!

– Le PPK? Qu'est-ce que c'est?

– Une tronçonneuse à essence. Avec cet engin, les forestiers te coupent un arbre en moins d'une heure. Elle fait un bruit horrible, je ne te souhaite pas une telle torture.

– Amana a donc bien raison, au sujet des hommes, dit tristement Moutouchi.

– Oui, mais je suis le fils d'un homme, leur monde est le mien, c'est là que je dois vivre. Je songe à ma mère...

– Emile – tu vois que je n'ai pas oublié ton nom d'homme –, Amana t'a promis que tu retournerais chez toi. Il faut lui faire confiance.

– Oui, mais j'ai envie de manger des mangues, de courir dans le bourg avec les copains, de jouer à qui saute le plus loin dans l'eau, à qui vise le mieux avec son arbalète. J'ai envie de faire des farces au vieux Cantor, de tirer les cheveux des filles et de bousculer un peu mon petit frère Maurice... Et puis, j'ai envie de regarder la télé!

– La télé? Qu'est-ce que c'est?

– C'est une boîte avec un écran sur lequel défilent des images qui racontent des histoires. Oh! comme j'aimerais être assis sur mon petit banc, aux côtés de ti-Maurice, à suivre des combats fantastiques, pendant que man' Louisette nous prépare une crème de tapioca parfumée à la vanille! Toi, tu n'as rien à me proposer, pas même une devinette!

– Ah! oui, et celle-ci alors : « J'ai un village où tous les habitants sont blancs, le connais-tu? »

– Facile, facile, la bouche avec les dents!

Chapitre 12

Amana la maîtresse des Eaux, Massala le maître des Bois, Alalikaman et Moutouchi tenaient un conciliabule. Emile était limbé[1], son chagrin était chaque jour plus profond, à tel point que Mumku avait perdu le goût de tout. Si cela continuait, il perdrait même le goût de vivre. La situation était donc grave. Les uns et les autres ne se le cachaient pas. Ils cherchaient un remède.

– Il faut le laisser rentrer chez lui, avança timidement Moutouchi. D'au-

1. Mot créole qui signifie « nostalgie d'un être aimé ».

tant plus timidement qu'il s'était attaché à l'enfant et redoutait de le voir partir.
– Non, répliqua Amana. Il n'est point temps encore. Emile a beaucoup appris, mais il ne sait pas tout. Comprenez-moi bien, vous tous, si nous rendions Emile aux hommes aujourd'hui, il se briserait. Car il serait déchiré entre le monde de Mumku et celui d'Emile. Tôt ou tard, Mumku parlerait par la bouche d'Emile, les hommes n'y comprendraient rien, et ils enfermeraient Emile dans la folie. Quant à nous, nous aurions tout gâché!

« Dans quelques jours ou quelques semaines, Mumku-Emile ou Emile-Mumku aura atteint l'âge de la grande sagesse : il saura ce qu'il faut cacher et ce qu'il faut dire. Il pourra alors réintégrer, sans trop de douleur, sa juste place dans l'univers humain, celle d'un enfant qui doit encore grandir.
– Tu as parfaitement raison, Amana, car tu es la sagesse même, répartit Moutouchi. Mais encore faudrait-il qu'Emile survive!
– Si nous lui inventions une petite compagne, suggéra Alalikaman, ne ferait-ce

pas renaître le rire et la vie de notre cher Mumku?
– Tu ne changeras donc point, soupira Amana.
– Certes, Mumku a besoin d'un compagnon de jeu, dit alors Massala. Et d'un compagnon plutôt que d'une compagne, Alalikaman, car Mumku est à l'âge où l'on trouve les filles chichiteuses, agaçantes et sans aucun intérêt! Mais avez-vous songé au chagrin de l'enfant séparé de sa mère, à celui de la mère séparée de son enfant? Toutes les nuits, j'entends les appels d'Emile et de man' Louisette qui se cherchent, se croisent et se décroisent sans jamais se rencontrer. Man' Louisette est au désespoir et son désespoir pèse sur le cœur d'Emile.
– Tu parles vrai, Massala, comme toujours, dit Amana. Tu conduiras, la nuit prochaine, l'enfant auprès de sa mère. Alalikaman, tu as la charge de préparer Mumku pour ce voyage, veille à ce qu'il ne se perde point dans les nuages.
– Tu peux compter sur moi, ma chère Amana!
– Je le sais, mon fils, je le sais. Quant à

moi, je vais de ce pas rencontrer Papa Gadu[1] pour parlementer, afin qu'il accepte de nous confier un esprit des bois qui serait un compagnon de jeu pour Mumku et de plus un excellent maître. Il lui enseignerait à bien opérer les arbres, n'est-ce pas Moutouchi ?

– Oh ! oui, maîtresse des Eaux !

– Cours, à présent, bercer le chagrin de Mumku, cœur tendre ! Et dire, mes chers amis, que Moutouchi en est toujours à se demander pourquoi les hommes le dédaignent ! s'exclama en riant Amana, qui se laissa couler au fond des eaux pour s'en aller à la rencontre de Papa Gadu.

Alalikaman se mit en quête d'herbes, feuilles, graines, fleurs et plumes dont il aurait besoin pour sa magie.

Massala s'installa pour une bonne sieste, car de toute façon, nul n'aurait besoin de lui avant la nuit prochaine.

1. Maître des Bois chez les Noirs bonis, il peut prendre, comme Amana, la forme d'un anaconda.

Chapitre 13

La journée avait passé vite, finalement. Man' Louisette s'était jetée dans le travail à corps perdu. Elle avait repassé toute la lessive de monsieur Laporte : les draps entre lesquels elle avait glissé les fèves parfumées du gaïac, les chemises-vestes, les pantalons de toile et les mouchoirs. Monsieur Laporte donnait ses pantalons de ville au pressing de Saint-Laurent, mais son linge, il préférait mille fois le confier à man' Louisette plutôt qu'aux machines automatiques. Louisette lavait à l'ancienne. Elle faisait d'abord un trempage de quelques heures dans une grande terrine d'eau savonneuse tiédie au soleil. Puis elle se rendait à la rivière, où elle battait et battait chaque pièce de son lourd battoir de bois sculpté. Lorsque le courant avait emporté jusqu'aux dernières bulles de savon, elle effectuait le rinçage dans de l'eau passée au « bleu », où elle aimait plonger les mains. Les chemises étaient ensuite empesées, très légèrement empesées. Certes, elles s'usaient un peu plus vite, à cause du lourd battoir de bois, mais elles avaient un tel éclat de propreté et elles étaient si douces à la peau que monsieur Laporte ne le regrettait absolument pas.

Après avoir empilé le linge dans sa corbeille, man' Louisette avait entrepris de faire le dernier point à la robe de madame Céleste qui souhaitait partir à Miami avec quelques toilettes fraîches et neuves. Madame Céleste disait « Maïami » pour que nul n'ignore qu'elle était professeur d'anglais au collège de Saint-Laurent. Louisette ne manquait jamais de rire lorsqu'elle l'entendait dire « Maïami ». « Comme vous parlez bien l'anglais, madame Céleste! » s'exclamait-elle alors pour donner à son rire plus de bonhomie que de malignité. Car madame Céleste était une bonne cliente.

Une fois ses livraisons faites, man' Louisette s'en alla tenir compagnie à sa voisine qui grageait[1] son manioc. Elles parlèrent de tout et de rien. Les cancans du bourg, dont chacun est friand, alimentèrent leur conversation. Puis elles évoquèrent, en riant, les étrangetés des « métropolitains ». Enfin Louisette parla de Justine, sa sœur qui vivait à Cayenne et lui vantait, chaque fois qu'elle le pouvait, les mille et un avantages de la vie dans la capitale.

L'après-midi était bien avancé. L'église allait sonner les vêpres, les bigotes se couvraient la tête et prenaient leur chapelet. Les chasseurs, eux, n'étaient pas encore rentrés. Louisette tendait l'oreille au moindre bruit de moteur et tournait les yeux cent fois plutôt qu'une vers le chemin qui menait à sa case. Ti-Maurice, lui-même, était posté à l'entrée de la maison de Jeanette, il avait cessé de jouer et scrutait l'horizon. De

1. Râpait.

temps à autre, il lançait vers sa mère un regard interrogateur, mais man' Louisette le rabrouait et l'envoyait jouer avec ti-Jo.

Voisine Jeanette ressentait, elle aussi, de l'inquiétude, mais ni elle ni Louisette n'osait encore la nommer de peur d'appeler le malheur. Toutes deux chacalaient [1] sur l'inconscience des hommes, leur manque de sérieux et le peu de souci qu'ils avaient d'elles.

L'ombre descendait, la boucane [2] fumait devant chaque case. Puis il fit nuit. Alors, man' Louisette se leva, elle prit ti-Maurice par la main, regarda Jeanette et lui dit, la gorge serrée :

– Je vais prévenir les gendarmes.

Elle n'ajouta pas « je crains un malheur », car elle refusait de tout son être d'en accepter l'évidence.

1. Familièrement « rouspétaient ».

2. Feu de bois vert qui provoque beaucoup de fumée et permet d'éloigner les moustiques.

Chapitre 14

Les gendarmes questionnèrent Louisette sur l'heure du départ, le lieu choisi, les vêtements que portaient Arturo et Emile, le fusil d'Arturo et tout son matériel. Thimotée fut appelé et d'autres chasseurs aussi. Il fallait organiser des battues, réquisitionner l'hélicoptère, préparer les liaisons radio. Au matin, on avait retrouvé le canot de Thimotée, vide, solidement attaché à un tronc d'arbre. La nouvelle courut sur les ondes de la radio locale qu'un chasseur accompagné de son neveu âgé de onze ans s'étaient égarés en forêt.

Jeanette avait laissé ses enfants et

ti-Maurice sous la responsabilité de Rosette, sa fille aînée, pour accompagner Louisette. Elles avaient passé la nuit entière au poste de gendarmerie de Saint-Laurent. Au petit matin, le brigadier-chef avait dit aux deux femmes de rentrer chez elles. Elles n'avaient rien d'autre à faire que d'attendre. Les recherches se poursuivaient, elles seraient prévenues dès qu'il y aurait du nouveau. Elles ne devaient pas désespérer, les « égarés » seraient de retour d'ici un jour ou deux. Une Jeep de la gendarmerie les reconduisit à Mana.

Man' Louisette commença une vie étrange où l'espoir sans cesse le disputait au désespoir. Deux jours s'écoulèrent, sans aucun résultat. On mit en œuvre de plus grands moyens. Man' Louisette sombra dans le chagrin. Elle se levait le matin avec un corps qui pesait des tonnes. Elle se déplaçait avec lenteur, prenait des objets puis les remettait à leur place sans rien en faire. Elle éclatait soudain en pleurs ou restait des heures assise, le regard perdu. Elle ne mangeait plus et ne préparait aucun repas. Voisine Jeanette accueillit ti-Maurice à sa table et le confia à ses enfants. Mais le gamin s'échappait et retournait près de sa mère. « Pour sûr, pensait-il, Emile a été dévoré par un tigre. » Il n'avait plus envie de jouer, il avait peur et faisait des cauchemars la nuit. Louisette se noyait dans son malheur et entraînait le petit avec elle. Voisine Jeanette courut alors chercher man' Loulou.

Lorsque man' Loulou pénétra dans sa cour, Louisette se jeta sur le sol, puis, levant les bras au ciel, hurla :

– Bon Dié ! J'ai péché avec les magies de man' Loulou, c'est pourquoi tu me punis !

Elle prenait de la terre, s'en couvrait la tête, criait et hurlait des paroles mauvaises, des paroles « sans sens ». Man' Loulou renvoya ti-Maurice avec Jeanette, prit Louisette à bras-le-corps, l'emmena dans la maison et referma la porte sur elles. Louisette cria tout son soûl. Man' Loulou avait mis un thé à infuser, préparé un coui d'eau fraîche [1],

1. Infusion en créole.

du linge et la bouteille d'alcool glacial [1]. Elle se tourna alors vers Louisette et lui administra une retentissante paire de claques. Aussitôt, Louisette fondit en larmes et se laissa bercer entre les bras de la bonne grand-mère qui lui baigna le visage, lui frictionna les tempes avec l'alcool glacial, puis la mit au lit. Elle lui donna le thé à boire, enfin elle parla longtemps. Louisette l'écoutait, hochait la tête, approuvait.

Lorsque la jeune femme fut endormie, man' Loulou sortit de la case en refermant doucement la porte et se rendit chez Jeanette.

– Elle a enfin crié et pleuré tout son chagrin. Demain, elle ira mieux. Envoie la Rosette chez Sergine, elle téléphonera à Cayenne pour prévenir la sœur de Louisette que ti-Maurice sera chez elle demain après-midi. Je vais demander à monsieur Minfir de le prendre avec lui dans sa camionnette. Au revoir, ma chère Jeanette, et prions Dieu afin qu'il rende Emile à sa mère.

1. Eau de Cologne mentholée.

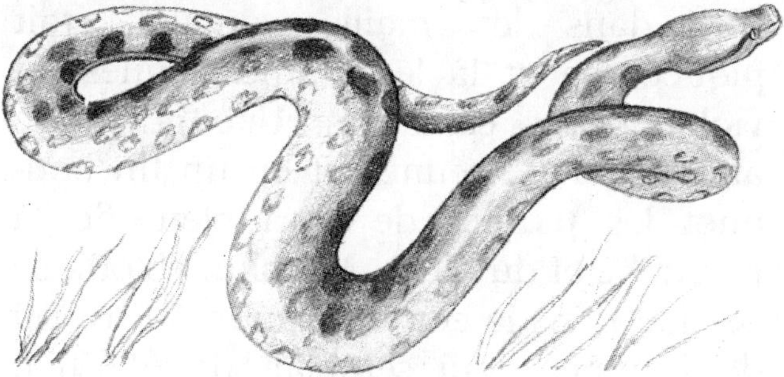

Chapitre 15

Papalikaman avait envoyé Mumku emprunter quelques plumes à chaque oiseau de la forêt. Petites plumes aux coloris chatoyants des colibris tête-à-feu, améthyste, saphir-queue-frégate, saphir-queue-noire, émeraude, petit-bleu... Le plumage vif d'un seul ton de tous les cassiques : cul jaune, cul rouge, cassique vert, cassique violet et pour finir les grandes flèches bleues, rouges et vertes des aras. Avec ces merveilles il lui avait confectionné un manteau, des jambières. La coiffe sur laquelle il travaillait à présent était un véritable chef-d'œuvre : le bonnet rouge vif formait comme un filet dans les mailles duquel était piquées çà et là les plumes jaunes ou violettes des cassiques. Une gracieuse aigrette bleue réunissait en un fin bouquet les plumes de l'ara bleu, de la perruche et du bluet. Mumku, ébloui, se perdait dans la contemplation du travail de son père qui semblait doué d'une habileté magique. Sans s'interrompre, Papalikaman expliqua à l'enfant ce qui allait se passer et ce qu'il devrait faire. Il avait prévenu Mumku, la veille au soir, qu'il partirait la nuit prochaine pour un voyage à travers l'espace invisible afin de se rendre auprès de sa mère dans le domaine des songes.

– C'est un voyage qui comporte de grands risques. Il conviendra donc que tu suives toutes les consignes que je vais te donner et que tu m'accordes ton entière confiance. Rassure-toi, tu seras sous la garde de Massala, le grand maître des Bois, il te conduira jusque chez ta mère et te ramènera ensuite.

« Ce soir, tu deviendras l'oiseau-paradis, l'oiseau-feu-éclair, l'oiseau soukougnan[1]. Tu voleras d'arbre en arbre, tu descendras le cours des fleuves jusqu'au bourg où pleure ta mère, noyée dans le chagrin. Tu seras tous les oiseaux à la fois et tous te reconnaîtront, car tu porteras un peu de l'âme de chacun. Ta force et ton endurance seront surmultipliées.

« Attention, Mumku, écoute-moi bien. Au début, tu seras saisi d'un grand vertige, la nausée te tordra les entrailles, la peur coulera, glacée, le long de tes flancs. Aussi, il te faudra garder ton calme, car si tu cries, si tu regardes en bas, tu seras précipité au sol où tes os se briseront. Voici ce que tu devras faire : fermer les yeux, respirer à fond et penser intensément les paroles suivantes : « Pagani, pagani, petit aigle noir, implore pour moi le grand aigle royal afin qu'il me prête sa force et son équilibre ! » Retiens bien ces mots, récite-les souvent aujourd'hui; le moment venu, tu fixeras ta pensée sur eux : ils seront les gardiens de ta sécurité. Alors les

1. En créole, fantôme errant dans la nuit sous la forme d'une boule de feu.

nausées disparaîtront, le calme reviendra en toi, tu pourras ouvrir les yeux, car tu seras libre dans l'espace et maître de l'air. Mais attention encore, Mumku, à cet instant un autre danger mettra en péril ton voyage et ta vie. Une grande ivresse te prendra, tu voudras monter plus haut, toujours plus haut. Alors tu sortiras du premier ciel, puis du deuxième et dans le troisième ciel, Kouyouli le Créateur te prendra et te gardera avec lui. Tu ne reviendras plus jamais ni parmi nous ni parmi les tiens.

– Comment faire, Papalikaman, pour résister à l'ivresse?

– J'ai préparé des colliers et des colliers, des bracelets et des bracelets de graines. Tu feras comme le toucan, tu en mangeras des quantités et des quantités. Si ton ventre est trop lourd, comme le toucan tu vomiras. Dès que tu deviendras trop léger, à nouveau comme le toucan tu te gaveras. Ainsi tu resteras dans notre ciel. Après avoir voyagé un moment, tu verras, juste avant Saut Saba, un grand et majestueux fromager[1] solitaire. C'est là que Massala t'attendra. N'oublie surtout pas de le saluer poliment, car sinon il se fâcherait. Tu lui remettras de ma part ces belles feuilles de tabac. Je sais combien il aime à fumer une bonne pipe avant sa sieste.

Ainsi parla Papalikaman. Il mit l'enfant à la diète, il ne devait rien manger ni boire ou si peu que mieux valait n'en point parler. Son corps devait être aussi léger que feuilles sèches afin de quitter le sol sous le souffle des fumées ensorcelantes.

En attendant le soir, Mumku dut courir le bois pour y couper et ramener des lianes d'arouman. Ensuite, son père l'envoya flécher un gibier avec l'ordre de ne toucher à aucun oiseau, ni la maraille, ni le parakoi, encore moins le toucan. Pendant ce temps, Papalikaman avait récolté quelques fourmis rouges et quelques abeilles. Avec la liane d'arouman, il tressa un fin treillis dans lequel fourmis et abeilles furent insérées. La

1. Arbre où se cachent souvent les esprits selon la légende.

vannerie présenterait alors une surface hérissée d'abdomens frémissants prêts à planter leur dard chargé de venin.

En effet, Papalikaman voulait éprouver le courage de l'enfant avant de l'introduire dans le monde des puissances magiques. Ce soir, il lui ferait passer le maraké. Mumku le savait.

Chapitre 16

Les ombres de la nuit descendaient du ciel et montaient de la terre. Papalikaman avait préparé une quantité énorme de cigares qui attendaient, alignés en bon ordre sur le sol. Il avait monté un petit carbet, fermé de tous les côtés, sauf une étroite ouverture devant laquelle il avait allumé un feu. Ensuite, Papalikaman s'occupa de Mumku. Il le lava et le frotta avec des mixtures végétales. Mumku, malmené, la peau cuisante, le nez rebuté par les odeurs qui l'envahissaient, songeait, souriant, à Emile malmené pareillement par sa mère et « chignant » comme un bébé.

« Comme j'ai grandi! » se disait-il.

Son père entreprit alors de maquiller son corps, de le vêtir des parures de plumes et des colliers et bracelets de graines. Puis il prit la parole :

– Mumku, mon fils, tu as montré une belle patience, je t'en félicite. Les épreuves qui vont suivre te demanderont, à chaque fois, un peu plus de courage. Tâche d'en faire preuve. C'est le courage, seul, qui sera la sauvegarde de ta vie. Maintenant, tu vas recevoir le maraké.

Comme ils étaient au bord du fleuve, la lune, haute dans le ciel, déversait sur eux sa blanche clarté qui donnait aux feuilles un éclat d'argent et baignait de lumière le visage de l'enfant. Mumku fixait son regard sur elle, plus rien n'existait que ce disque blanc. Tout le reste était néant et surtout, surtout le feu ardent qui lui mordait la poitrine, le dos, les bras, les jambes, là où Papalikaman appliquait la vannerie vénéneuse. Pas un muscle de son visage ne tressaillit. Sa bouche était ferme, pas une larme. Papalikaman en fut si heureux qu'il prit son fils aux épaules, et ils échangèrent alors un regard tendre et plein d'amitié.

Puis vint le moment de mettre en œuvre les puissances du jardin des songes. Alors Papalikaman tira de longues bouffées du premier cigare [1] et souffla la fumée dans le carbet où Mumku était entré. Les volutes épaisses roulaient et roulaient en tous sens, créant un brouillard dense derrière lequel l'enfant ne distinguait plus, ou à peine, la lueur orangée du feu qui brûlait devant l'abri. Papalikaman psalmodiait de lancinantes et mystérieuses mélopées. Le corps ruisselant de sueur, Mumku se balançait d'avant en arrière, d'arrière en avant. La fumée ne lui piquait plus ni les yeux ni la gorge, son corps devenait léger, léger. « Bientôt, pensa-t-il, je vais m'envoler comme une feuille au vent. » Et c'est ce qui arriva.

La pression de la fumée sur les parois du carbet devint telle qu'il vola en éclats, et l'enfant fut propulsé, tel un ballon, vers les nuées de la nuit. Il arriva

1. Les cigares sont faits à partir de certaines feuilles, séchées, qui ont un pouvoir hallucinogène.

tout ce que Papalikaman avait raconté et Mumku fit tout ce que son père lui avait conseillé de faire. Il volait, à présent, avec un vif plaisir, au-dessus du sinueux ruban d'argent de la Mana. Il vit de loin, de très loin, le fromager solitaire. Dans un grand froissement d'ailes, il s'y posa enfin, toqua du bec et très poliment s'adressa au grand maître des Bois :

– Bonsoir, maître Massala, je suis Mumku.

– Bonsoir, bel enfant, quel bon vent t'a porté jusqu'à moi?

– Mon père Alalikaman m'envoie vers toi pour que tu me conduises auprès de ma mère éplorée.

– Waïe, waïe, quel beau langage! Tu seras docteur, toi, pour le moins.

– Docteur en quoi?

– En tout ce que tu voudras, ti-boug. Ha, ha! Bon, il faut nous mettre en route pour aller rassurer ta chère maman. Une belle femme, fils, tu lui dois beaucoup.

Massala choisit de prendre l'apparence d'une petite liane qui s'enroula autour du cou de l'enfant-oiseau.

– Comme ça, je suis sûr de ne point te perdre et ainsi nous pourrons mieux parler. C'est que je suis plus bavard que ton père, moi ! Mais au fait, ce vieil Alalikaman ne t'a rien remis pour moi ? Ce n'est pas dans ses habitudes.
– Oh si ! répondit Mumku, tout confus de son étourderie.

Et il sortit de sous ses plumes le paquet de feuilles de tabac.
– Ah ! mon cher Alalikaman, s'exclama Massala, tu connais bien les goûts et les plaisirs de ton vieux compère ! Grand merci, mon cher, grand merci.

Puis s'adressant à l'enfant :
– Allez, allez, prends ton vol, fils, nous allons chez les hommes.

Mumku se jeta dans le lit du vent et fila au-dessus du fleuve, de la forêt, des marais, des routes. Ils arrivaient à l'orée du bourg, lorsque Massala reprit la parole :
– Tu connais les maskililis, toi ?
– Oui, bien sûr, man' Louisette m'en a parlé souvent, mais je ne les ai jamais vus !
– Comment ? Tu n'as jamais vu les maskililis ? Et Gouloufia, le glouton vorace,

il n'est jamais venu te dévorer les pieds, la nuit? Tu ne vas pas me faire croire que tu n'as jamais été ni méchant ni gourmand!

– Bien sûr, bien sûr, comme tous les enfants, répondit Mumku en riant, mais le soir, je m'endormais en serrant bien fort les poings sur mes deux yeux. C'est pourquoi je ne les ai jamais vus!

– Ha, ha, ha! Tu seras docteur, toi, pour sûr! Amana choisit bien son monde. Ecoute, bel oiseau, descends un peu plus bas, approche de cette maison, je vais te montrer deux maskililis qui s'apprêtent à tourmenter un enfant qui s'est montré grossier et insolent.

– Mais, ils sont tout petits petits!

– Oui, oui, mais regarde leur visage. Ils ont une vilaine face de gnome aigri. Et leurs pieds! C'est cela qui est terrifiant, ils sont à l'envers, tu crois qu'ils s'en vont alors qu'ils foncent sur toi!

Pfuitt! d'un violent coup d'ailes Mumku remonta vers le ciel.

– Holà! Holà! Tu me donnes le mal de l'air, cria Massala.

– Que veux-tu, maître des Bois, les maskililis ne me sont pas sympathiques.

– C'est leur rôle, mon cher, c'est leur rôle d'être antipathiques et de faire peur. Ils sont les gendarmes des enfants pas sages.

Ils arrivèrent au-dessus de la case de man' Louisette, et le cœur de Mumku battit plus vite.

– Nous voici chez toi. Prends garde à ne rien casser, dit Massala, il ne faut pas réveiller ta mère, sinon le charme serait rompu.

Chapitre 17

Le lendemain de ce jour mémorable où elle avait vomi tout son chagrin sur la terre, man' Louisette s'éveilla détendue, animée d'une grande énergie. Elle était convaincue à présent que son fils Emile serait bientôt de retour. Elle avait eu un rêve. Emile était venu la voir. Il lui avait semblé que les joues de son fils étaient moins rondes, que ses membres et son torse s'étaient allongés, mais c'était bien le sourire et les yeux de son Emile. Un homme accompagnait l'enfant, un grand corps, la peau d'un noir magnifique, la chevelure piquée de sel, une vieille pipe en bouche. Ce n'était pas Arturo, absolument pas, son frère était plus jeune, avait le corps plus épais et la panse rebondie. Cet homme-là s'était installé, en maître, dans sa berceuse [1], il avait tiré tranquillement sur sa pipe les laissant, elle et son fils, à leur joie mutuelle. Emile avait dit à sa mère qu'elle ne devait plus désespérer, que bientôt, très bientôt, il serait à nouveau près d'elle. Qu'elle verrait alors combien il était devenu plus raisonnable et peut-être moins raisonneur. Cette remarque avait fait sourire man' Louisette, le vieil homme aussi, elle l'avait remarqué. Ce dernier, lorsqu'ils partirent, avait pris l'épaule de l'enfant et l'avait étreinte avec fermeté. Elle avait senti couler en elle une force et un courage puissants dont elle pressentait qu'elle aurait besoin les jours suivants pour faire face au doute, à l'inquiétude et au désespoir.

Man' Louisette but son café, à petites gorgées gourmandes, comme elle ne l'avait plus fait depuis longtemps. Elle

1. Fauteuil à bascule.

passa en revue toutes les tâches qui l'attendaient. Préparer le bagage de ti-Maurice qui partirait tout à l'heure avec monsieur Minfir. Il serait bien mieux chez sa sœur, dans un autre cadre, à jouer avec ses cousins et cousines. Elle se reprochait de n'avoir pas songé à l'envoyer tout de suite chez Justine. Mais comment aurait-elle pu prévoir que les recherches se prolongeraient tellement? Enfin, maintenant elle savait que le temps ne comptait pas puisqu'elle avait la certitude qu'Emile reviendrait. Bien sûr, il ne faudrait en souffler mot à personne, car les paroles ont un effet néfaste sur les intuitions.

Son regard tomba sur un ballot posé par terre. Elle eut un sourire. Pauvre monsieur Laporte, il était venu, comme chaque lundi, apporter son linge. Mais il n'avait pas, comme à son habitude, hélé man' Louisette pour échanger avec elle quelques propos plaisants. Il n'avait pas eu le courage, tant il craignait de voir son visage en larmes. Un peu plus tard, dans la journée, elle ne savait plus quand, elle avait ramassé le ballot et l'avait jeté dans un coin de la case. Il serait temps de s'en occuper aujourd'hui. Et puis, il ne fallait pas oublier la rentrée des classes!

– Ti-Maurice voudra un cartable à dos, comme il dit, quant à Emile je préfère ne pas penser à toutes les fournitures qu'il faudra lui acheter! s'exclama-t-elle, tout haut, en rassemblant les vêtements de son cadet.

Puis elle courut chez voisine Jeanette récupérer l'enfant.

– Tô, tô, tô. Bonjour voisine!

– Oh! Bonjour Louisette, as-tu passé une bonne nuit?

– Oui, merci ma chère Jeanette, merci. Je me demande comment je m'en sortirais sans toi!

– Allons, allons, si on ne s'entraidait pas, ma chérie, où irions-nous?

Ti-Maurice vit tout de suite que sa manman était tout autre que la veille. Il en fut très heureux, et lui prenant la main, il cacha sa frimousse dans ses jupes. Man' Louisette se baissa pour être à sa hauteur et lui parla :

– Mo ti iche, tu vas aller chez tata Justine, à Cayenne. Tu te souviens comme tu t'étais bien amusé l'année dernière avec cousins et cousines. Dès qu'Emile sera revenu nous irons te chercher, tous les deux. Tu vas partir dans la voiture de monsieur Minfir. Tu seras obéissant, n'est-ce pas?

– Oui man', répondit ti-Maurice.

Il était si content qu'il ne tenait plus en place. « Les petits enfants ont le bonheur de vivre dans l'instant », pensa man' Louisette, soulagée.

Chapitre 18

Le retour de Mumku se fit sans histoire. Massala lui avait remis un cadeau pour Alalikaman.

– Tiens, tu donneras ceci à mon vieil ami, ce sont les plumes de l'aigle royal, je sais qu'il ne veut point d'autre parure. D'ailleurs, il prend de plus en plus, avec l'âge, la fière allure et le port de tête du plus bel oiseau du monde! C'est un compliment vois-tu, Alalikaman est grand parmi les grands, même s'il a ses faiblesses. Moi-même, grand maître des Bois, j'en ai aussi ma part, ha, ha, ha!

Et sur ce rire tonitruant Massala partit se coucher, laissant Mumku poursuivre son voyage.

Papalikaman fut bien aise de retrouver Mumku entier et rayonnant de joie d'avoir revu sa mère. Tous les deux sombrèrent dans un profond sommeil qui dura vingt-quatre heures. Il leur fallut tout ce temps, car ils avaient épuisé leurs forces au cours de cette nuit magique.

A présent, Mumku se débrouillait seul, il lui arrivait de rester longtemps sans voir Papalikaman.

Un jour, il se baignait dans une crique, qu'il aimait particulièrement car ses eaux avaient la couleur du Coca-Cola, lorsqu'il entendit des cris et des rires, des ploufs sonores. Il leva la tête et découvrit, surpris, deux garçons de son âge qui jouaient dans l'eau. « Oh ça alors ! pensa-t-il, je ne dois pas les laisser partir. »

– Ohé ! ohé ! cria-t-il aux deux garçons. Ceux-ci, abandonnant leur jeu, répondirent gaiement à ses appels et se défièrent à la course pour le rejoindre.

– Bonjour ! leur dit Mumku.

– Bonjour ! répondirent-ils.

L'un d'entre eux jeta alors un nouveau défi et les enfants plongèrent dans une lutte joyeuse pour gagner l'autre rive. Puis vint le temps de se reposer, se restaurer et se présenter.

– Quel est ton nom ? demandèrent en chœur les deux garçons qui se ressemblaient comme deux gouttes d'eau.

– Mumku, et vous ? Vous êtes jumeaux ? Que faites-vous ici ?

– On m'appelle Alobikyé parce que, lorsque j'étais petit, je pleurais toujours.

– Alobikyé veut dire « il aime pleurer ». Moi on m'appelle Alobilafu parce que je riais toujours.

– Alobilafu veut donc dire « il aime rire » !

– Tu apprends vite, fit Alobikyé. Et Mumku, qu'est-ce que cela veut dire ?

– Mumku veut dire Mumku. Ha ! ha ! Vous n'avez pas répondu à ma question, que faites-vous ici ?

– Cela a-t-il vraiment beaucoup d'importance ? remarqua Alobilafu. Nous nous sommes bien amusés, tu es devenu notre ami, nous sommes tes amis !

– Qu'est-ce qui est le plus important pour toi, reprit Alobikyé, que nous répondions à ta question ou que nous restions quelque temps avec toi ?
– Le plus important, pour moi, est que vous restiez en ma compagnie. Je ne manque pas d'amis ici, mais ils ne savent pas jouer comme nous le faisons ensemble !
– Alors, vive le jeu ! cria Alobilafu en bondissant tel un cabri et en entraînant ses compagnons à de nouvelles poursuites, défis, cascades de cris et de rires. Les arbres échangèrent entre eux des sourires devant ce tapage, tout nouveau pour eux.

Comment Amana avait réussi à convaincre le redoutable Papa Gadu, je ne vous le dirai pas, le plus important c'est qu'elle y était parvenue, n'est-ce pas Moutouchi « cœur tendre » ?

Chapitre 19

Un matin, Alobikyé proposa de construire un canot pour remonter la Mana.

– C'est une bonne idée, dit Alobilafu à Mumku. Nous irons nous amuser dans les sauts, nous t'apprendrons à te jouer des eaux violentes et sournoises. Nous connaissons tous les secrets des fleuves.

Les enfants, munis d'une hachette et d'une herminette et suivis de Mumku portant son sabre, s'enfoncèrent dans la forêt. Alobikyé avait confié un petit pot à Mumku en lui recommandant de veiller à ne point renverser le précieux liquide qu'il renfermait. Alobilafu transportait dans un sac pendu à son épaule de minuscules drapeaux blancs, bleu nuit ou rouges. Alobikyé traînait derrière lui une belle feuille de palmier pinot. C'est lui, le plus sérieux des trois, qui s'était chargé de choisir l'arbre. Il se décida pour un chawari. Tout au long de leur course, Alobilafu et Alobikyé parlaient à chacun des petits arbres qu'ils rencontraient, ils les appelaient « kotkoli » et se montraient affectueux avec eux. Ils veillaient particulièrement à ne pas briser par étourderie ou maladresse l'une de leurs branches, et ils redoublaient de précautions avec ceux qui n'avaient pas poussé droit. Mumku imitait en tout ses amis.

– Avant d'entreprendre l'abattage, nous devons prévenir les esprits qui habitent l'arbre et les aider à déménager en un lieu plus sûr, dit Alobikyé. Approchez mes amis.

Il prit des mains de Mumku le précieux pot et commença à se laver le corps avec la décoction qu'il contenait. Alobilafu et Mumku firent de même. Ensuite, Alobikyé lava les haches et le sabre de Mumku, pendant que ses compagnons plantaient leurs petits étendards au pied de l'arbre. Solennel, Alobikyé s'approcha, toucha le tronc avec sa feuille de palmier et s'adressa aux esprits :

– Ampukus [1] qui vivez dans cet arbre, quittez-le car je vais le jeter à terre. Venez dans cette feuille de palmier.

Ils attendirent un moment, puis sur un signe d'Alobikyé, les deux enfants ramassèrent les drapeaux et le suivirent. Ils pénétrèrent plus avant dans la forêt et lorsque le jeune « maître de cérémonie » eut trouvé l'arbre chawari qui convenait, ils s'arrêtèrent et déposèrent avec mille précautions la feuille de palmier pinot au pied de l'arbre élu. Puis ils s'éloignèrent en parlant joyeusement.

Comme ils devaient laisser passer une nuit avant d'entreprendre leur travail, Alobilafu proposa de leur raconter une histoire.

– Voici l'histoire de Canada, qui fut puni toute sa vie durant pour n'avoir

1. Esprits qui habitent les arbres, selon la croyance des Bonis.

pas respecté les rites. Tu la connais, Alobikyé, n'est-ce pas?

– Oui, oui, mais j'aime tellement la réentendre!

– Tu vas encore pleurer! de rire, certes, mais tu vas encore pleurer, l'avertit, rieur, Alobilafu. Bon, écoutez!

– *Dirinti!*

– *Ndaéti!*[1]

– Canada avait reçu son nom de son père qui avait une passion pour les moteurs Evinrude fabriqués au Canada. Pourtant, cela ne lui porta point chance, il n'eut jamais la joie d'équiper son canot d'un tel moteur. Vous saurez bientôt pourquoi.

« Canada vécut sans aucun souci jusque ses sept ans, âge où il passa sous la tutelle de son oncle maternel, chargé de l'éduquer et de le former. C'était un enfant intelligent, mais il avait un gros défaut, il était très étourdi et impulsif. Son oncle n'avait pourtant ni compté ni mesuré les coups, mais il n'avait pu l'en guérir.

« Canada maîtrisait parfaitement tou-

1. Formule rituelle du conte chez les Bonis.

tes les techniques depuis longtemps, et il s'était fait une réputation d'artiste tant il était habile à sculpter l'acajou. Néanmoins, son oncle hésitait toujours à lui donner sa liberté. Pourtant, notre héros eut un jour vingt-cinq ans ! Et l'oncle dut, à regret car il savait bien que sa tâche n'était pas achevée, se résoudre à le laisser aller son chemin. Il lui remit les outils qu'il avait achetés pour lui, le petit pécule qu'il lui avait économisé et lui dit :

« – Neveu, il est temps pour toi de construire ton propre canot et d'œuvrer pour ton compte. Il te faut, désormais, mener ta vie d'homme.

« – *Dirinti !*

« – *Ndaéti !*

« – Aussitôt, tant il était pressé de construire le magnifique canot sur lequel il convoyait chaque nuit, en rêve, toutes les richesses du Maroni, Canada s'enfonça dans les bois avec sa hache pour abattre l'arbre qu'il avait repéré depuis des mois. Il travailla furieusement toute la journée. L'effort secouait son cœur dans sa poitrine, la sueur aveuglait son regard. Il regardait l'arbre s'effondrer lentement, dans un grand fracas, lorsqu'il se souvint, plein de frayeur, qu'il avait oublié de prévenir les esprits! Il se frappa le front avec colère. Mais évidemment, cela ne pouvait rien y changer. L'arbre était magnifique, et de toute façon le mal était fait. Ce serait un crime d'abandonner cette pièce splendide dans la forêt. Cette réflexion n'empêcha pas la malédiction de s'accomplir, mais les effets en furent atténués.

« – *Ndirinti!*

« – *Ndaéti!*

« – Canada travailla des jours durant et tira du tronc un beau canot, si beau qu'il eut peur, un moment, de provoquer des jalousies. Il avait bien tort de s'inquiéter, car son canot ne lui apporta que des désagréments. S'il transportait des marchandises, il manquait toujours quelque chose à l'arrivée, ce qui le jetait dans des colères folles car il était très susceptible et ne souffrait pas que l'on mît son honnêteté en doute. S'il transportait des touristes, le canot faisait eau de toutes parts. Les " dames " poussaient des petits cris effarouchés, les " messieurs " lui demandaient de rentrer aussitôt et bien entendu refusaient tout net de le payer. Toutes les jeunes filles qu'il avait eu l'audace d'inviter à une promenade, à peine assises dans le canot en jaillissaient aussitôt, furieuses, le pagne déchiré, la fesse endolorie, horriblement vexées. Elles fuyaient chez leur mère en l'accablant d'injures.

« Ainsi Canada se trouva-t-il contraint au célibat et dut abandonner tout espoir d'acheter un jour un de ces magnifiques moteurs fabriqués au Canada.

« Une fois, au cours d'un accès de colère, il se mit à insulter son canot et il fut tout surpris de l'entendre lui répondre :

« – Holà ! holà ! Canada, ménage tes paroles, et garde-toi de toute violence. Sinon, je t'entraînerai avec moi au fond de l'eau ! C'est ta faute si je suis prisonnier de ton canot et tu as de la chance de n'être point tombé sur le plus terrible des Ampukus. La malédiction ne touche que toi et elle n'ira pas plus loin. Par ailleurs, je prends grand plaisir à voyager sur les rivières. Promène-moi donc d'un fleuve à l'autre. Un jour, je te

conduirai là où nos destinées se sépareront à jamais.
– C'est ainsi que Canada ne fit rien d'autre, sa vie durant, que promener son canot vide. »
– Pauvre homme! s'exclama Mumku.
– Ha, ha, ha! Il n'a eu que ce qu'il méritait, dit Alobikyé en se tenant les côtes.
– Tiens, tu « aimes rire », toi aussi, remarqua Mumku en riant.

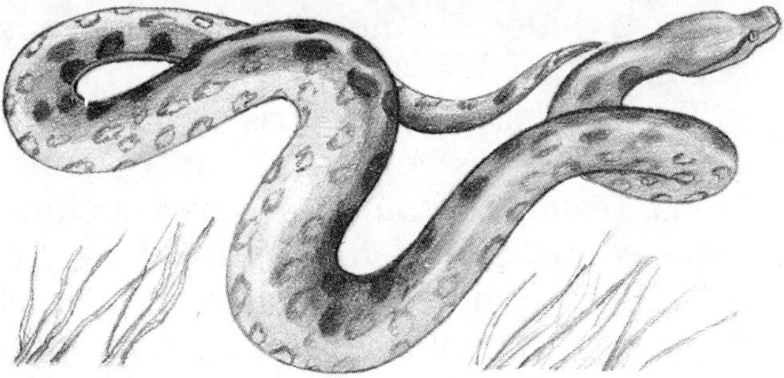

Chapitre 20

Un jour, Alobikyé annonça à Mumku :

– Nous allons partir, notre temps est fini. Il faut nous quitter. Quand le moment sera venu, tu trouveras, là où Papalikaman te conduira, notre canot. Certes, il te paraîtra très vieux. Ses bords disjoints et l'eau verte croupissant dans le fond ne t'inspireront pas confiance. Mais tu n'y attacheras pas d'importance, car tu sais, n'est-ce pas, qu'il doit avoir cette apparence aux yeux des hommes.

– Oui, je le sais, Alobikyé, mais je suis

triste à l'idée de ne plus jamais vous revoir.
– Tu ne dois pas être triste, car tu as passé de bons moments avec nous. Nous resterons toujours dans quelque coin secret de ta mémoire, dit Alobilafu. Je vais te confier notre histoire. Nous sommes, en vérité, les jumeaux du premier jour du monde : Adam et Efa. Ma sœur a pris l'apparence d'un garçon et pour m'amuser je l'ai appelée Alobikyé.
– Adieu Mumku, fils d'Alalikaman, Emile chez les hommes! chantèrent en chœur les deux enfants en agitant leurs bras au-dessus de leur tête.

Leurs silhouettes s'effacèrent doucement, puis soudain disparurent comme par enchantement. Mumku se retourna vers Papalikaman dont il avait perçu la présence tranquille. Ils échangèrent un sourire et Papalikaman, prenant Emile par l'épaule, lui dit :
– Viens avec moi au Grand Conseil, Amana désire te parler.

Ils montèrent dans un petit canot d'écorce, suivirent les méandres de plus en plus serrés d'un cours d'eau qui cheminait, secret, sous l'obscurité mystérieuse d'arbres couverts de mousses, de lianes et de fleurs. Au terme de cette nage silencieuse, le canot fut pris dans les flots lumineux d'un lac dont les eaux brillaient comme le soleil.

– Le lac Parima, lui souffla à l'oreille Papalikaman. Aucun de ceux qui l'ont vu ne sont retournés vivants. Toi seul auras ce privilège, car toi seul n'en parleras jamais. Garde ton pays de la folie des hommes, Mumku. Le mirage de l'or leur fait perdre toute raison, au point qu'ils ont commis, sur cette terre d'Amérique, les pires méfaits. Combien ont perdu leur vie ou leur âme, parfois les deux, pour atteindre les bords du lac Parima. Ce qui fait scintiller ses eaux, vois-tu, ce ne sont pas les ors engloutis du trésor inca mais la folie et les rêves flamboyants des hommes.

Ils abordèrent sur l'autre rive où les attendaient Moutouchi et Massala. Arrivé au pied de l'arbre, Mumku découvrit avec surprise, tordant la lourde masse de sa chevelure scintillante en une puissante torsade qui s'enroulait autour de sa tête, la dame, si belle, qu'il avait vue en rêve. Il y avait longtemps, longtemps, si longtemps.

– Comme il a grandi et forci et comme son âme est droite et belle ! Je te félicite, Alalikaman, ton fils est digne de toi. Viens t'asseoir près de moi, joli prince de ma terre infinie.

Mumku s'approcha, il n'y avait plus rien en lui du petit garçon qui cherche la sécurité. Il sentait grandir un étrange sentiment pour cette femme souveraine. Un profond respect où se mêlait une sorte de passion. Il se jugea trop jeune pour un tel amour, aussi baissa-t-il les yeux. Amana sourit :

– Ne crains pas de te montrer insolent. Il n'y a pas d'âge pour éprouver le sentiment qui prend ton cœur. C'est celui que nourrissent à mon égard Massala, Alalikaman, Moutouchi, ceux qui me sont restés fidèles... Viens, mon beau prince des espoirs. Toi qui peux me réconcilier, un jour, avec les hommes. Les plus intelligentes de mes créatures, mais aussi les plus violentes, les plus terribles. Les hommes prétendent tout connaître, ne craignent plus rien et ont une soif toujours plus grande de

puissance. Je crains qu'un jour il n'y ait plus autour d'eux que l'acier, le béton, le plastique, dans un monde minéral et sans âme dont seront exclus, à jamais, la nature avec ses génies bienfaisants et protecteurs.

Mumku s'assit aux pieds de sa reine et laissa aller sa tête dans son giron. Amana lui caressa la joue et parla, parla... Mumku avait fermé les yeux et écoutait.

Au petit matin, elle le renvoya dans le petit canot d'écorce auprès de son père :

– Ce soir, tu diras adieu à ton père et à tes amis Moutouchi et Massala. A l'aube qui éclipsera la nuit, il te conduira près du canot dont les enfants des bois t'ont parlé. Tu suivras pour la dernière fois ses conseils, et le canot te conduira chez les tiens. Va mon fils, bel oiseau d'espérance, tu as toute ma confiance.

Chapitre 21

Papalikaman avait préparé de grands couis de cachiri[1]. Mumku avait mis à rôtir un magnifique aïmara[2] qu'il avait fléché le matin même dans le courant frais d'une crique profonde. Massala roulait de bons cigares de tabac et lançait des blagues pour divertir la compagnie. Il portait un très beau pantalon de drill indigo. Mumku se demandait où il avait bien pu se le procurer, les produits manufacturés étant inconnus dans la forêt. Mais Massala a ses entrées par-

1. Boisson indienne, légèrement alcoolisée, à base de manioc.
2. Poisson de rivière.

tout. Papalikaman arborait tous ses colliers de perles bleues ou rouges et il s'était coiffé des plumes de l'aigle. Mumku avait planté, crânement, dans son épaisse chevelure un peigne afro, superbe, qu'il avait sculpté dans un morceau de bois de citronnelle comme le lui avaient enseigné Alobilafu et Alobikyé. Ils étaient beaux tous les trois et buvaient le cachiri pour se mettre le cœur en fête. Moutouchi, qui était là aussi, n'en pouvait plus de joie. Papalikaman prit sa flûte, Massala se mit au tambour et Mumku aux ti-bois [1]. Ils firent de la musique et chantèrent. Ils s'amusaient vraiment bien, ils dévoraient à belles dents joyeuses le rôti cougnade [2]. Mumku lança à Massala :

– Cela vaut-il le colombo de Mambialé ?

– Ce n'est pas la même chose, ti-boug ! Il manquait au plat de Mambialé ce fumet de l'amitié qui nous réchauffe le cœur. Cela dit, tu aurais dû goûter ses

1. Percussion créole.

2. Poisson grillé sur feu de bois, que l'on mange dehors entre amis.

jambons glacés, mmm! à damner le diable lui-même!

– Ecoute, ma tante Justine est réputée dans tout Cayenne pour ses jambons glacés. A la Noël, toute la ville lui passe commande!

– Holà, ti-mâle! Tu te prends pour Tartarin de Tarascon?

– Tiens, tu le connais, toi, ce boug-là?

– Je le connais, je le connais, c'est vite dit. Mais une chose est sûre, je n'ignore rien de ce qui fourmille dans vos petites têtes. Le grand maître des Bois n'ignore rien de vous, ha, ha, ha!

Papalikaman rit doucement, en tapotant l'épaule de Mumku qui était vaguement inquiet.

– Massala est un grand fanfaron, tu ne le savais donc pas?

La soirée se poursuivit, dans les rires, les chants et les jeux. Le sommeil surprit nos amis au détour d'un rire.

Dans l'aube toute fraîche, Papalikaman prit son fils par la main et le conduisit au canot. Un anaconda aux reflets mordorés dormait, lové en de multiples anneaux au creux de l'eau verte qui stagnait dans le fond. Mumku ne reconnaissait plus le joli esquif avec lequel il avait joué dans les eaux limoneuses et cascadantes de la Mana. Il eut un léger recul en apercevant le reptile, mais il ne fit aucun bruit car il avait appris à respecter l'anaconda et à ne jamais troubler son repos. Papalikaman lui expliqua alors ce qu'il devait faire :

– C'est Amana qui dort au fond du canot. Tu vas l'éveiller doucement en lui grattant le dessus de la tête. Elle ouvrira ses yeux d'or. Tu lui feras tes adieux. Amana se laissera glisser dans l'eau et poussera ton canot vers la Mana. Tu fileras suivant le courant, les tiens sauront te trouver.

« Regarde-moi, mon fils. C'est aujourd'hui que nos destins se séparent pour toujours. Tu ne reviendras jamais dans le monde magique de l'Indien. Je le regrette vivement, mais c'est ainsi. Tu garderas en toi le souvenir de ton vieux Papalikaman, l'Indien solitaire qui enseigne la nature à ceux qui savent l'aimer, n'est-ce pas?

– Papalikaman, mon père, comment pourrais-je t'oublier jamais? murmura, la gorge serrée, le jeune Mumku, Mumku, l'enfant que la forêt, par un coup de cœur, avait dérobé aux hommes.

– Va, mon petit Emile, retourne vivre parmi les tiens ton destin d'homme, murmura Alalikaman, qui s'accroupit sur la rive pour le regarder partir. Silencieux, tout comme Emile l'avait découvert la première fois.

Emile gratta doucement la tête de l'anaconda. Il fut ainsi le premier homme qui eut le privilège de caresser Amana sans être enlacé dans ses puissants anneaux et entraîné à jamais au fond de l'onde trouble.

Amana poussa doucement le canot vers la rivière qui toujours conduit aux villages des hommes.

Chapitre 22

– Demain samedi, cela fera une semaine que cet homme et son neveu ont disparu, pensez-vous qu'on ait encore une chance de les retrouver, et de les retrouver vivants? demandait le sous-préfet au brigadier-chef de la gendarmerie de Saint-Laurent.

– Il est bien rare qu'un chasseur créole disparaisse si longtemps en forêt. Il leur est sûrement arrivé quelque chose, l'un ou l'autre doit être blessé, c'est certain. Si c'est l'homme, chaque jour qui passe diminue les chances que nous avons de les récupérer vivants.

– Faut-il alors poursuivre les recherches ?
– Certes, oui, j'ai entendu dire qu'ici les miracles n'étaient pas impossibles !
– Les miracles ! Je vous accorde encore quelques jours. Mais nous aurons des comptes à rendre, vous ne l'ignorez pas.
– A vos ordres, monsieur le Préfet, répliqua le gendarme en claquant les talons dans le plus rigoureux des garde-à-vous.

Rendu à la chaleur accablante de la rue, tripotant son lourd ceinturon de cuir, le menton sur la poitrine, il maugréa pour lui seul contre le haut fonctionnaire qui l'avait reçu dans son bureau climatisé :
– Mais qu'est-ce qu'il croit ? Que c'est le bois de Boulogne ici ?

Le jeune chauffeur, installé au volant de la Jeep, se morfondait en faisant semblant de ne pas écouter.
– Mais qu'est-ce que tu attends pour démarrer, triple imbécile ! Nous retournons à la gendarmerie secouer tous ces fainéants. Je veux qu'on me les retrouve ces deux lascars, le petit surtout, peu-

chère. Si jeune, comment va-t-il s'en sortir ? Ah, Bonne Mère ! Prenez-le sous votre garde !

Amana, qui était tenue au courant de tout ce qui se disait et se faisait sur cette terre, le prit assez mal. Il fallut tout l'humour de Massala et la longue patience d'Alalikaman pour apaiser son courroux. Elle finit par sourire de cet homme ignorant de ses pouvoirs à elle, la maîtresse des Eaux, mère de tous les hommes de ce continent. Elle consentit même à reconnaître qu'il avait du cœur. Mais elle refusa absolument de donner aux gendarmes le privilège de la découverte d'Emile. « Ils posent trop de questions », déclara-t-elle d'un ton définitif. Alalikaman et Massala furent tout à fait d'accord avec elle.

Juste avant de franchir le pont de Saut Saba, en venant de Cayenne, à main gauche, il y a un restaurant tenu par une brave femme dont le mari passe ses journées à rêver devant le fleuve. Il y a toujours un ou deux canots amarrés à la berge, sous les arches du pont. Rosario s'installe dans l'un ou l'autre, à son gré, il plonge une ligne dans le courant pour se donner une contenance, et se laisse aller au pays des songes.

Ce jour-là, Philomène remercia le ciel de l'avoir dotée d'un pareil mari. En effet, Rosario fut tiré de sa rêverie par le choc d'un canot qui avait heurté brutalement le sien. Il allait injurier l'imprudent qui faisait fuir le poisson, lorsqu'il découvrit Emile qui avait, lui aussi, été sorti sans douceur de sa somnolence. Aussitôt, Rosario agrippa le canot qu'il tira à lui. Il l'attacha solidement au sien. Puis il aida l'enfant, abasourdi de soleil, peu assuré sur ses jambes, à gagner la berge.

– Viens, petit, viens, c'est bien Emile qu'on t'appelle?

– Oui, j'étais avec mon oncle Arturo, à la chasse, on s'est perdus et puis...

– Chut, ménage tes forces et ne parle pas trop, petit père.

L'ancien soutenant le jeune, ils remontèrent vers la route. Rosario héla sa femme :

– Philomène! Ô Philomène! Mé, mé, sa ti-boug-a! C'est Emile, l'enfant perdu!

Philomène parut sur le seuil et joignant les mains, s'écria :

– Merci Bon Dié, merci Bon Dié!

Puis, d'autorité, elle prit les choses en mains. Elle s'occupa d'abord de réconforter l'enfant, lui donna à manger, à boire, et l'installa dans sa berceuse. Enfin, elle appela la gendarmerie.

Les gendarmes firent beaucoup de bruit et commencèrent à poser tant et tant de questions qu'Emile, la tête chavirée, le cœur au bord des lèvres, fut pris de tremblements et se mit à pleurer.

Philomène, alors, cria sur les gendarmes :

– Vous ne voyez donc pas que ce petit est à bout? Il est fatigué, bouleversé, il a besoin de repos et de calme.

– C'est vrai, nous allons le conduire à l'hôpital de Saint-Laurent, dit l'un d'entre eux. Que l'on prévienne sa mère.

– L'hôpital! l'hôpital! s'emporta Philomène, hors d'elle, mais c'est chez lui que cet enfant veut rentrer. Vous croyez donc que sa mère n'est pas capable de prendre soin de lui?

– C'est qu'il faudrait le mettre en observation, madame, et puis il y a la disparition de son oncle...

– Laissez, cette femme a raison, coupa sèchement le brigadier-chef qui prit Emile dans sa Jeep et fila avec lui sur Mana.

Chapitre 23

– Hum ! hum ! toussota le gendarme, pour marquer sa présence qui avait été oubliée par la mère et l'enfant, tout à leur émotion de se trouver enfin réunis.

– Oh monsieur ! Excusez-moi, je ne sais comment vous remercier.

– Vous n'avez pas à me remercier, madame. D'ailleurs, il s'est retrouvé tout seul, votre petit. C'est un gaillard, ce garçon-là ! Mais il faudra le conduire à l'hôpital, demain, afin qu'un médecin l'examine, on ne sait jamais. Et puis, nous aurons quelques questions à lui poser, vous comprenez, madame...

– Bien sûr, bien sûr, mais...
– J'enverrai une voiture vous chercher, ne vous faites pas de souci. Au revoir, à demain, dit l'homme qui partit très vite pour ne pas montrer son émotion.

Il était bien content le brigadier-chef Dumouriès, et il chantait à tue-tête, au volant de sa Jeep qui filait à la vitesse de l'éclair, sur la route de Saint-Laurent. Heureusement qu'il n'y avait pas ce jour-là – et pour cause – de contrôle de gendarmerie! Tout au plus se trouva-t-il quelques automobilistes qui croisèrent la Jeep joyeuse et en furent stupéfaits, un peu choqués, peut-être. Mais Dumouriès n'en eut aucun dommage.

Man' Louisette palpa chaque centimètre carré de peau de son fils pour s'assurer qu'il était bien entier. Certes il avait maigri, mais il avait grandi et ses muscles s'étaient endurcis. Emile souriait, il se tortillait parfois et éclatait de rire.
– Tu es chatouilleux comme un bébé, clama sa mère.
– C'est parce que tu me « palpotes » comme un bébé, gloussait de plus belle Emile.

– Bon, va te baigner, tu sens le musc comme un vieux singe !

Tous les habitants de la commune tinrent absolument à vérifier, de leurs yeux, qu'Emile était bien rentré, qu'il était entier et en bonne santé. Et le brave Arturo ? Chacun s'inquiétait de ce qui lui était arrivé. Et lui, Emile, demandait-on, comment avait-il fait pour s'en sortir ? Cela avait dû être terrible ! Et tous de frissonner en songeant à l'immense forêt souveraine qui étendait son ombre mystérieuse, à quelques kilomètres de là.

Les enfants, eux, étaient muets. Ils n'avaient pas droit à la parole, perdus dans cette réunion d'adultes. Ils se contentaient d'ouvrir de grands yeux, d'écouter de toutes leurs oreilles et de se donner des coups de coude. Demain, ils se rattraperaient à leur heure, celle des jeux, loin des grandes personnes. Et ils en poseraient des questions, bien plus intéressantes que celles des grands.

Emile, soyez-en sûrs, leur offrira du romanesque autant qu'ils en voudront. Il vivra, avec eux, leurs rêves d'aventure, mais il restera muet sur le vrai du vrai.

A son arrivée, Emile avait confié à sa mère son inquiétude à propos de son oncle Arturo qui l'avait laissé seul un instant pour poursuivre un gibier, et n'était jamais revenu.
– Une bête l'aura tué, c'est certain, lui avait répondu man' Louisette. Il se serait coupé un membre s'il le fallait, et même en rampant sur le sol, il t'aurait rejoint, crois-moi, mon fils, je connais bien mon frère. D'ailleurs, j'ai fait un rêve, une nuit, qui me fait croire que ton oncle Arturo a quitté le monde des vivants. Mais toi, comment as-tu fait pour survivre ?
– J'ai suivi les conseils de mon oncle, man'. J'ai mangé les fruits dont se nourrissent les macaques et j'ai cherché la rivière. Il m'avait dit que les criques conduisent toujours aux villages des hommes. J'ai eu peur de ne jamais trouver, mais si l'on sait être attentif à certains signes, on finit par tomber sur un cours d'eau, dans notre forêt. Je l'ai compris, au bout d'un jour ou deux.

– Mais ensuite, comment as-tu fait ? Tu n'as pas nagé tout du long ?
– S'il n'y avait rien eu d'autre à faire, je l'aurais fait. Un jour, pourtant, j'ai eu la chance de tomber sur un vieux canot. Une chance incroyable, sinon j'aurais été roulé et avalé par les eaux puissantes de la Mana. Une fois dans le canot, je me suis allongé de tout mon long et me suis endormi comme une masse. C'est le choc de mon embarcation heurtant celle de monsieur Rosario qui m'a réveillé. Il était temps, n'est-ce pas ?
– Il était temps, oui !

Toute la soirée, il raconta cette version, enlevant chaque fois quelque détail. A la fin, alors qu'il vacillait, perdu entre la veille et le sommeil, elle se réduisit à une seule phrase, la dernière entendue de son oncle :
– Les fruits que mangent les macaques sont bons pour les hommes et les rivières mènent toujours à un village.

Sa mère hocha la tête en souriant tristement, alors qu'un voisin le portait doucement dans son lit.

Le lendemain, Emile conta la même histoire aux gendarmes, avec plus de sobriété encore. Son oncle avait disparu à la poursuite d'un gibier et n'était jamais revenu. Lui avait mangé des fruits et cherché la rivière. Au journaliste qui lui posait des questions pour la télévision et lui demandait comment il avait fait pour ne pas céder à la panique, il avait répondu qu'il avait fait comme s'il était un personnage de film d'aventures. Indiana Jones, par exemple. Il n'avait jamais eu peur parce qu'Indiana Jones n'a jamais peur ou tout au moins ne le montre jamais. Et comme lui, il était sorti sain et sauf de son aventure. Les grandes personnes avaient souri en se disant que vraiment l'inconscience des enfants pouvait faire des miracles.

Épilogue

A quelques jours de là, Emile se trouvait seul, au bord de la rivière où il attendait ses amis pour une partie de pêche, lorsqu'il vit venir une petite perruche émeraude. Elle voleta un instant autour de lui et se nicha au creux de son cou.

– Oh! prends garde à toi, ma chère amie, on pourrait te mettre en cage icitte!

– Petit Mumku, je viens aux nouvelles. Moutouchi fait peine à voir, tant il est triste!

– Pauvre Moutouchi! Dis-lui que tout s'est bien terminé et que je suis passé à la télé, il en sera fier ! Je vous aime tous et je vous aimerai toujours ! Mais sauve-toi vite ! Mes copains arrivent.

On m'a raconté qu'Emile est devenu un botaniste de grand renom. Il travaille beaucoup dans son pays à sauvegarder la forêt. Et s'il rencontre des difficultés sans nombre, il se console en songeant que tous les enfants qui auront lu l'histoire de Mumku n'oublieront pas le message d'Amana.

Castor Poche

Des livres pour toutes les envies de lire,
envie de rire, de frissonner, envie
de partir loin ou de se pelotonner dans un coin.

Des livres pour ceux qui dévorent.
Des livres pour ceux qui grignotent.
Des livres pour ceux qui croient ne pas aimer lire.
Des livres pour ouvrir l'appétit de lire et de grandir.

Castor Poche rassemble des textes du monde entier ; des récits qui parlent de vous mais aussi d'ailleurs, de pays lointains ou plus proches, de cultures différentes ; des romans, des récits, des témoignages, des documents écrits avec passion par des auteurs qui aiment la vie, qui défendent et respectent les différences. Des livres qui abordent les questions que vous vous posez.

Les auteurs, les illustrateurs, les traducteurs vous invitent à communiquer, à correspondre avec eux.

Castor Poche
Atelier du Père Castor
4, rue Casimir-Delavigne
75006 PARIS

Castor Poche

A chacun ses intérêts, à chacun ses lectures.

9 séries à découvrir :
Aventures
Contes et Fables
Connaissances
Fantastique et Science-fiction
Histoires d'Animaux
Humour
Le monde d'Autrefois
Mystère et Policier
Vivre Aujourd'hui

Castor Poche
Une collection qui s'adresse à tous les enfants
Benjamin : dès 3/4 ans
Cadet : dès 5/6 ans
Junior : dès 7/8 ans
Senior : dès 11/12 ans

Castor Poche, des livres pour toutes les envies de lire pour ceux qui aiment le mouvement, voici une sélection de romans d'aventure.

1 Akavak **Junior**
par James Houston
A quatorze ans, Akavak l'Esquimau entreprend un périlleux voyage pour accompagner son grand-père de l'autre côté des montagnes glacées du Grand Nord canadien. Ce garçon courageux et tenace, ce vieil homme plein de sagesse arriveront-ils à bout des souffrances, des privations, des dangers?

2 L'arbre à voile **Junior**
par Wanda Chotomska
En Pologne, un groupe d'enfants d'une cité dortoir, découvre un grand peuplier. Grâce à lui, ils vivent de merveilleuses aventures jusqu'au jour où des hommes arrivent pour abattre « leur » arbre. Les enfants réussiront-ils à le sauver?

3 L'eau secrète **Junior**
par Marie-Claude Roulet
Marie, Luc et Louis vivent une enfance limousine et sauvage au cœur de la nature. Le corbeau qui « sait » parler, la grotte du « Baobab », les parapluies fantastiques et l'eau partout présente, font vivre aux enfants des aventures où la réalité côtoie le rêve...

7 Du soleil sur la joue **Junior**
par Marilyn Sachs
Nicole vit une enfance joyeuse entre sa petite soeur et ses parents, dans la ville d'Aix-les-Bains. En 1939, Nicole n'a pas onze ans quand elle voit partir son père à la guerre. Tout commence à changer autour d'elle... Comment Nicole fera-t-elle face aux dangers qui les menacent, elle et les siens?

10 **Un été aux Arpents** **Junior**
par Alan Wildsmith

Quand la famille quitte la ville pour s'installer dans une vieille ferme au milieu de la forêt canadienne, les trois aînés se réjouissent à l'idée d'explorer leur nouveau domaine. Exploration qui va révéler bien des mystères. Quelles sont ces traces dans l'herbe ? Quels sont ces bruits étranges qui retentissent dans la nuit ? Comment les enfants réussiront-ils à percer le secret de la vieille cabane ?

12 **Jonathan Livingston le goéland** **Senior**
par Richard Bach

Jonathan Livingston n'est pas un goéland comme les autres. Sa passion c'est de voler toujours mieux, toujours plus haut. Il refuse de se comporter comme tout bon goéland qui vole uniquement pour se nourrir. Chassé du clan, condamné à une vie de hors-la-loi, il poursuit pourtant son entraînement jusqu'au jour où il rencontre d'autres adeptes du vol libre...

15 **Le passage des loups** **Junior**
par James Houston

La famille de Punik, l'Esquimau, est en train de mourir de faim lentement. Il ne reste plus rien à manger dans le campement. Punik, qui a tout juste treize ans, décide de partir à la recherche des troupeaux.

Comment, pendant six jours et six nuits, le jeune garçon avancera seul dans la plaine gelée, allant de souffrance en souffrance, jusqu'au moment où il se trouve face à un couple de loups...

21 **Un hiver aux Arpents** — Junior

par Alan Wildsmith

John, David et Paula se retrouvent seuls dans la ferme des Arpents. Leurs parents sont bloqués en ville par la tempête de neige. Lesplacards sont vides de nourriture. Des chiens sauvages rôdent autour de la maison... Joé l'Indien, parti chercher des vivres, ne revient pas... Les enfants ont faim, les enfants ont peur. Comment se défendre ? Comment porter secours à Joé ?

24 **L'inondation** — Junior

par Pamela Oldfield

Un matin, Betty, Garry et Tod, qui n'a que deux ans, se retrouvent seuls et prisonniers des eaux. Tandis que leurs parents sont au village, la rivière est sortie de son lit. Au début, les enfants trouvent la situation amusante, mais les choses se gâtent rapidement. Une vieille femme se trouve menacée. Comment les enfants se débrouilleront-ils pour sauver la vieille Moggs et ses chats?

36 **Jambes-Rouges l'apprenti pirate** — Junior

par Hans Baumann

Jambes-Rouges est orphelin. À treize ans, il gagne sa vie en travaillant chez un meunier. Maltraité, il quitte son patron pour devenir marin. Mais le voici embarqué, contre son gré, sur un bateau de pirates... «Pirate un jour, pirate pour toujours!» dit le capitaine Barbe-Rousse. C'est compter sans la débrouillardise de Jambes-Rouges.

37 **Les Arpents sur le sentier de la guerre** — Junior

par Alan Wildsmith

Tout le monde n'est pas d'accord sur le tracé de la nouvelle autoroute. John, qui suit la discussion des adultes avec le point de vue de ses douze ans, trouve qu'il est trop peu question de ses amis les Indiens et de leurs érables à sucre.

44 **Les chemins secrets de la liberté** Junior
par Barbara Smucker

Julilly et Lisa s'enfuient d'une plantation du Mississippi où elles sont esclaves. Elles tentent de gagner le Canada, pays où l'esclavage est interdit. Aidées dans leur fuite par un réseau clandestin, arriveront-elles à atteindre le pays de la liberté?

50 **Titkta'Liktak** Junior
par James Houston

Tikta'Liktak, un jeune chasseurse trouve bloqué dans une île rocheuse et désertique. Le voilà condamné à mourir de faim. Mais Tikta'Liktak ne se résigne pas. Il lutte contre les éléments et les bêtes et trouve enfin le moyen de regagner la terre ferme.

51 **L'esclave du batteur d'or** Senior
Par Henry de Monfreid

La jeune Amina vient d'être vendue par son père à un riche batteur d'or. Elle est déportée comme esclave au Yémen. Faredj, son ami de toujours, ne peut se résoudre à la perdre. Il décide de la suivre... et c'est pour lui le début d'aventures périlleuses en brousse et en mer. Faredj et Amina se retrouveront-ils ?

55 **Nous de Peyrac en Périgord** Junior
par Thalie de Molènes

« Un drapeau rouge claque au vent sur le toit de la Tuilière. C'est le signal : un copain a un problème.» Que faire pour éviter ce départ ?

Trouver de l'argent. Mais comment Mélina a une idée : chercher le million parachuté pour le maquis durant la guerre et jamais retrouvé. Aussitôt la course au « trésor» commence.

Castor Poche Connaissances

Une nouvelle série
à partir de 8/9 ans.

Castor Poche Connaissances
Des petits « poches » à lire d'un trait
ou à prendre et à reprendre.
Des textes pour stimuler la curiosité,
pour susciter l'envie d'en savoir plus.

Castor Poche Connaissances
En termes simples et précis,
des réponses à vos curiosités, à vos interrogations.
Des textes de sensibilisation
sur des notions essentielles.
Les premières clés d'un savoir.
Des sujets variés.
Le sérieux de l'information
allié à la légèreté de l'humour.
Un ton alerte et vivant.

Dans chaque ouvrage,
un sommaire et un index détaillés permettent
de se référer rapidement à un point précis.

C1 Bon pied, bon œil ! (Junior)

Notre santé

par Lesley Newson

Quels sont les moyens de défense et de reconstruction de notre organisme ? Que se passe-t-il à l'intérieur de notre corps lorsque nous avons la varicelle ? Ce guide concis et vivant nous permet d'en savoir plus sur les microbes, les virus, les bactéries et... sur nous-mêmes.

C2 Comme un sou neuf ! (Junior)

La bataille contre la saleté

par Lesley Newson

Qu'est-ce que la saleté ? Comment agissent le savon, les détergents ? Une approche, à la fois scientifique et vivante des questions d'hygiène, qui nous informe avec précision et humour, et nous aide à combattre la saleté sur notre corps, sur nos vêtements, dans nos maisons et dans nos villes.

C3 La marche des millénaires (Senior)

A l'écoute de l'Histoire

par Isaac Asimov & Frank White

Parce qu'il traîte autant des modes de vie et de l'évolution des techniques que des faits dits historiques, ce livre transforme le domaine parfois rebutant de l'Histoire en une matière vivante et attrayante. Les connaissances historiques sont mises en relation avec les grandes préoccupations d'aujourd'hui, et deviennent du coup captivantes.

C4 Sale temps pour un dinosaure ! (Junior)

Les caprices de la météo

par Barbara Seuling

Comment se forme un grêlon ? En quoi une tornade diffère d'un cyclone ? Quelle est la température la plus chaude jamais enregistrée sur terre ? Qu'est-ce que la foudre ? Mille informations sur le temps et la météorologie sont regroupées dans ce petit livre, qui dissipent les interrogations et ... éclaircissent notre ciel !

Cet
ouvrage,
le deux cent
cinquante et unième
de la collection
CASTOR POCHE,
a été achevé d'imprimer
sur les presses de l'imprimerie
G. Canale & C. S.p.A.
Borgaro T.se - Turin
en septembre
1995

Dépôt légal : mars 1989.
N° d'Édition : 18278. Imprimé en Italie.
ISBN : 2-08-161976-8
ISSN : 1147-3533
Loi n° 49-956 du 16 juillet 1949
sur les publications destinées à la jeunesse